陰界黑幫 4

Mafia of the Dead

Div 著

陰界黑幫

4

Mafia of the Dead

「相傳紫微星系共有一百零八星，又以十四星主掌夜空，其影響國家興亡，個人運勢甚巨，其為紫微、太陽、太陰、武曲、天同、天機、天府、天相、天梁、破軍、七殺、貪狼、巨門與廉貞是也。」

前情提要

鼠窟事件終於告一段落，在琴與眾人合力之下，驅動了陰界最尊貴的族群「貓」。貓群宛如大規模的猛獸移動，一口氣衝入亂葬崗中的鼠窟，徹底摧毀了群鼠的地下王國；更讓琴等人來到了這王國的最深處，微生鼠的所在地。

微生鼠，位列十二大陰獸之末，專長是微小化，強大的能量和狡猾的天性，讓琴等人陷入空前未有的苦戰，就在小傑重傷、莫言退敗，小才束手無策之際，琴喚醒了雷之弓。

這雷之弓曾是武曲的隨身武器，更是威猛絕倫的寶物。當琴拉弓，天空烏雲密佈，天雷於是從天而降，驚險萬分的擊殺了這隻罪孽深重的鼠窟之王，微生鼠。

微生鼠一死，鼠窟的地底王國隨之崩潰，而枯乾已久的橄欖樹，也迎著陽光，結出了三十年來第一滴橄欖油。

接著，在陽光與風的催促下，橄欖油如雨般灑落在這片曾經豐饒的土地上。

亂葬崗找回了原貌，這件事也被刊載在陰界的報章雜誌裡，雖然篇幅不大，看似只是一則地方性的小新聞，卻像火種般，開始悄悄的點燃了千萬陰界子民的內心。

他們內心是這樣問的：是她回來了嗎？是當年率領三大黑幫與政府力抗數十年的「她」回來了嗎？如果真是她回來了，那陰界又要重新熱鬧起來了啦！

而另一頭，同樣屬於傳說中人物的柏，他的歷險則尚未結束，為了拯救暴走的鐵棺，他進入各大勢力盤踞的醫院，遇到了一個讓政府和黑幫都感到棘手的人物，陀螺星橫財。

面對這個曾讓琴又懼又恨的橫財，柏能否全身而退？橫財又會帶給柏的生命什麼樣的衝擊？

而鐵棺中的忍耐人，為了生前一份真摯的情感，來到了未婚妻小茜的病榻前。

小茜這女孩即將進入陰界，卻偏偏遇到變態的鬼卒老九，忍耐人與女鬼卒小曦兩人能否力挽狂瀾，讓這段心碎的感情有所善終？

詳情，請看陰界黑幫之四。

楔子

這裡是黑暗巴別塔，也是柏進入陰界以後，多次經歷生與死打滾之地。

如今，一個即將成為柏下一場的對手；一個戰績全勝，而且全部將對手打死的超強挑戰者，卻單膝跪地，滿身血痕，呼呼的喘著氣。

她是小英。

是哪一個對手？讓外表溫柔、但出手橫霸的小英，如此狼狽。

她的對手，一個陽世死刑犯，慣用刀片割破女子喉嚨的割喉之狼，但如今這頭狼整個人都已經扭曲變形，他早就不像人了，全身都是擠脹而出的腫瘤，五官扭曲；而更讓人咬牙皺眉的是，扭曲變形的他，表情比誰都痛苦。

「被人改造成這樣，你也想死吧！死刑犯。」小英怒吼，全力出拳，朝地板轟去。「那就讓我暴力小英，給你一個了斷吧！」

這一拳，徹底展現了小英的怪力，不僅轟碎了整個擂台，甚至轟破了整座比賽會場，觀眾被怪力捲入，到處亂撞，道行不夠的觀眾，甚至當場斃命。

而當小英的拳頭停了，她抬起頭，目光瞪著擂台邊，那個頭髮梳得油亮的男人。

「是你改造了這死刑犯，對吧？」小英語氣中，帶著怒氣。

「是又怎樣？」那人戴著金邊眼鏡，謙遜的微笑著。「我們人權律師，原本就有照顧死刑犯的權力，替他們發聲，如今，改造他們，讓他們越來越邪惡，不也是我們該做的事嗎？」

「你！」小英怒吼，往前衝去，想要當場給這男人一個痛快，但男人退得好快，在崩塌的比賽會場的泥沙掩護下，瞬間消失在小英的眼中。

人權律師離開了，他輕鬆的退出了會場，卻在此刻，感到左手一陣奇異的痛覺，於是他低頭，看見了疼痛的原因。

有東西在發光。

是血紅色，透露著陰森殺氣的血紅色。

「來了嗎？」男人原本正直的臉龐，在這一瞬間，嘴唇往兩旁拉開，眼睛透出一絲絲的詭異寒氣，滿臉佈滿有如猿猴的皺紋。「終於輪到我們登場了嗎？」

血紅色的東西，在男人的左手上，化成一幅詭異的圖騰。

那圖騰是猴子，翹著高高的尾巴，猴臉朝外，露出帶著獠牙的笑，而猴子身上，則用國字寫著，「肆」。

「咯咯，我都快忘記我是四號了啊。」那男人笑，「這些年來，只是玩弄著那些死刑犯，然後參加黑暗巴別塔比賽，也真的是有點無聊了，幸好……終於開始了！終於開始了啊，這場的易主！」

「而我們十隻猴子，終於，也要登場了啊！」男人笑著，臉上的猴臉越來越清楚，也越來越恐怖，「政府與黑幫爭鬥中，最邪惡的力量，終於也要甦醒了嗎？」

只見暗巷中，這男人左手上的猴子圖騰，以及那個「肆」正在詭異的閃爍著。

而同時間，陰界裡面，某個豪華房間中、某個曠野、某個路邊、某間商店的櫃台、某間正在激戰的醫院病房中、某台餐車的角落，都閃爍起了相同的顏色，夾著道行的血紅色猴子圖騰。

只是所有人的數字都不同。

陸，玖，參，柒，貳，拾，伍，捌……加上肆，但卻獨缺了壹。

九隻猴子，九張正常臉瞬間轉變成的恐怖猴臉，也同時露出猙獰的笑。

因為他們知道，十隻猴子終於回來了，因為，易主的時刻到了。

盡情殺人的時刻，終於也到了。

第一章・破軍

1.1 — 後援

這裡是陽世，醫院的急診室。

「十四號病床，病危。」

一陣雜沓的腳步聲，不斷響起的手術器械撞擊聲，來自醫生緊急的低吼聲。

「十毫安培。」

這一秒，肅靜。

接著，電流竄動聲，病床撞擊聲，然後是一股沉重且失望的吸氣聲。

「二十毫安培。」

這一秒，再次回到肅靜。

肅靜後，又是失望的吸氣聲。

「再加。」

「再加？」

「是。」醫生再度吸氣，然後雙手用力往下按去。

接下來，又是一片死寂般的肅靜……

只是，這裡無論是醫生或護士，每個浴血與死神搶奪生命的人，都沒有看到，也無法看到，真正的陰界畫面。

真實存在，宛如陽世影子的陰界畫面。

一條不斷抖動、綴著點點血斑的粗黑鐵鏈，正從女病人的胸口，延伸了出來。

鐵鏈的另一頭，正抓在一個穿著破舊西裝、表情猥瑣的男人手上。

「我，老九，在這裡正式宣布，」那男人咯咯獰笑著，「這新魂的命，我要定啦！」

而那男人的背後，則是上百條搖擺著尾巴、露出滿嘴獠牙，充滿著貪婪與飢餓氣息的，巨大食人魚。

此刻，延續上一段故事，小曦為了拯救困在鐵棺中的忍耐人，修習了星穴之法，但忍耐人卻因為感應到未婚妻小茜瀕臨死亡，而以暴走之姿來到醫院。

醫院中等待兩人的，是被喻為史上最變態鬼卒的，老九。

老九，則喚出了所謂的「鬼三物」，也就是鬼卒隨身攜帶的三項寶物：「不夜燈」、「魄印」，以及深入小茜身軀內，就要將她魂魄扯出的「魂鏈」。

魂鏈顫動，一點一滴把小茜從陽世拖入了陰界，陽壽未盡的她，恐怕成為老九的實驗玩物。

只是，小曦兩人來到病房，卻被老九另一項鬼三物，魄印給困住。魄印喚來陰界食人魚，這是兼具飢餓、暴力、貪婪，能在數秒內將食物啃到連骨頭都不剩的B級陰獸。

「給我讓開啊！」鐵棺內部，忍耐人彷彿發出這樣的嘶吼，不斷高速擺動著巨大的鐵塊，卻擺脫不了成群追咬而來的食人魚；而雙手被黏在鐵棺上的小曦，更苦於無法使用任何的技，只能驅動道行勉強自保。

情勢，不斷往最惡劣的方向狂奔，就在這個慘烈的時刻，忽然，小曦卻笑了。

「幹嘛笑？」老九冷笑，「妳終於放棄了嗎？」

「才怪，」小曦的眼睛看向病房外，然後笑得燦爛，「是因為他們終於來了。」

「他們？」

「夥伴啊。」小曦露出寬心的微笑。「周娘、阿歲、柏，你們終於來了啊！」

老九猛然回頭，這次，連佔盡優勢的他都皺起了眉頭。

因為來了四個人，尤其是第四個。

又高又肥，宛如一座移動巨塔，他露出了讓老九都忌憚不已的冷笑。

「那個叫做柏的小子啊，你說的就是這個玩鐵鏈的傢伙嗎？」那巨塔男人笑容可怕。「殺了他，你手上的紅絲帶，就是我的嚕？」

1.2 破門強盜

這宛如巨塔的男人是誰？當然就是曾經與琴等人一起征戰的男人，鬼盜橫財，只是他又為何會與柏等人一起呢？時間，必須推回到數分鐘以前……

柏、阿歲與周娘三人闖過一間又一間的病房，緊跟著鐵棺暴走的痕跡，試圖要阻止悲劇發生。

但，就在前一間病房，他們卻被一隻粗豪的大手攔住。

這大手的主人一開始就展現了驚人的道行，先是柏的不太靈光的手刀失敗，然後是阿歲曾刺殺無數魂魄的「一蚊指」失效；最後，連柏手臂紅絲帶上的毒液，都被大手主人強大的道行給排解掉了。

這紅絲帶的毒液，可是鈴星親手調配，為了毒殺所有尋寶者，所設下的恐怖陷阱。

但，這大手的主人竟然仗著一身強橫道行，硬是將肌膚上瘋狂擴散的毒液，全數蒸發。

他是誰？他究竟是誰？

「甲等陀螺星，危險等級六，與神偷齊名的陰界高手。」阿歲聽到自己的聲音乾啞，「鬼盜，橫財？」

「對嚕。」大手的主人臉上肥肉顫動，露出滿嘴黃牙的笑。「那的確是我的名字。」

「你為什麼在這裡？」阿歲握著拳，背心滲汗。

「因為一個即將出土的寶物，」橫財眼睛瞄向病床上的老人，「叫做無情心。」

「無情心？」

「這個人生前幹盡壞事，他拋棄家人、陷害敵人，只有當一個人無情無義到了極致，無情心這寶物才會出現。」橫財冷笑。「無情心雖誕生於無情，但卻是至情之物，一旦感受到魂魄的情感，就會化成一帖起死回生的良藥。據說，當它威能發揮到最大時……」

「威能發揮到最大時，連快從陽世死亡到陰界來的魂魄，都能治癒，硬是被推回陽世？」阿歲接口。

「這只是據說嚕。」橫財雙手擺動著身子，「不過你這小子不簡單，你對寶物也懂？」

「我對寶物不懂，我只是認識一個愛醫藥成痴的兇女人。」阿歲擺著戰鬥架式，說起老闆娘，臉上卻浮現一絲不易察覺的溫暖笑容。「她啊，把醫學看得比自己生命還重要，偏偏又必須隱藏身分而封針，是一個讓人心疼的兇女人。」

「懂醫藥的女人？」橫財皺眉，正要繼續說話，卻發現病床上老人的胸口泛起奇異的光芒，那光芒呈濃濁的灰黑色，灰光顫動，宛如人類心臟的脈動。「啊，這人要死了，奇藥『無情心』要降世了，不過……為了怕你們干擾無情心的出生，戴帽子的傢伙，我會殺了你，沒有異議吧？」

戴帽子的傢伙，當然是指阿歲，只是談起殺死阿歲這樣一個高手，橫財表情卻依然漠然，彷彿只是吃飯睡覺一樣稀鬆平常。

「哼。」阿歲咬牙，他知道橫財惡名昭彰，對他完全無法講理，只能硬打了。而且和橫財打，他知道自己肯定是凶多吉少。

算了，就當是履行與老闆娘的約定吧，「易主時刻逼近，我們老的這一代，是該成為泥土，滋養新的一代了。」

「至於你，手上綁著奇怪絲帶的男孩。」橫財斜眼瞄了柏一眼，此時的柏，不久前才經歷了與黑幫三大高手的交鋒，全身傷痕累累，尚未完全復原。「我不會殺你。」

「哼。」柏皺眉。

「但我要押著你去找紅絲帶後的寶物，嘿嘿。」橫財說到這，露出猙獰而邪惡的笑容。

比較幸福啊……

「但，別開心得太早，因為你會發現在這裡被我殺死，其實比較幸福啊……」

這聲音剛落，橫財就來了。巨大的身軀，動起來竟然快如閃電，一瞬間，就來到了阿歲的面前。

「好快。」阿歲大驚，才要後退，腦門就陡然一緊。

他的腦門被抓住了，被橫財的大手抓住了？

「先殺一個嚕。」橫財獰笑。

「想殺我？先問問我的一蚊指吧！吼！」阿歲大吼，雙手食指捏成劍形，瘋狂的、超越極限的，一口氣打出六六三十六指一蚊指。

三十六指，全部命中！

只是，三十六指，卻都完全無效。

只見橫財露出笑容，摸了摸剛剛被阿歲一蚊指戳過的地方，露出有點癢、但又完全無關緊要的表情。

「這是什麼？我以為這麼多蚊子一起咬會痛一點嚕，哈，用這麼弱的招數對付我，就讓我看看你的腦袋裡面，到底裝了什麼吧？」橫財壓在阿歲腦門上的手，開始用力，「破門而入嚕！強盜！」

橫財的技與莫言的技，堪稱盜匪與小偷的極致，莫言的技是無所不包的收納袋，而橫財的技，則是無所不開的破門而入；當兩者合一，一個可以專司闖入，一個則專門盜走，兩人於是合稱鬼盜神偷。

曾經，橫財將這招用在琴的身上，揑出了琴的胃袋，試圖施展酷刑。

而這次他選擇的部位卻是阿歲的腦袋，所以他會掏出來的，恐怕是……

「吼。」阿歲咆哮，生死關頭，他再也顧不得什麼保留實力了，右手往口袋一抓，狠扔向橫財，只見那東西泛著金屬的光澤，在空中不斷翻轉，越是翻轉形態就越是清晰。

最後，轉成了一隻機械蚊子的模樣。

「這是？」橫財皺眉，他可以感覺到這機械蚊的能量密度，遠比剛才阿歲的每一指都要強，至少強了百倍。

所以，這真的是絕招？

「我的技，母蚊。」阿歲的頭被橫財壓著，眼睛往上瞪，咬牙說著。

「母蚊？」橫財看見這蚊子，啪的一聲，停在自己的肩膀上，「幹嘛，有毒嗎？鈴的毒我都吃得下去，一隻蚊子算什麼？」

「一隻蚊子？」阿歲嘴角牽起一個怪異弧度。「你好像搞錯了。」

「搞錯嚕？」

「一隻母蚊，代表的可不是一隻蚊子，她代表的，其實是……」阿歲冷笑，「成千上萬隻憤怒的公蚊啊。」

「憤怒……公蚊？」橫財還沒完全理解阿歲的意思，忽然，他發現眼中的世界改變了。原本潔白的醫院牆壁、病床的醫療設備，還有寬闊的天花板，全部都不見了。他眼前的世界，只剩下一整片又密又吵的黑霧。

「是的，一隻蚊子是叮不死人。」阿歲伸出右手，用力抓住了橫財壓在阿歲頭頂的手，然後慢慢往上抬，嘴角慢慢綻放笑容。「如果是上萬隻蚊子呢？」

「上萬隻蚊子？」千萬隻蚊子化成的黑霧，發出吵雜的嗡嗡聲，已經將橫財巨大的身軀完全包圍。

「你剛才的話還給你，當你全身的血都被吸乾，換成又痲又癢的毒藥，」阿歲冷笑，「你會覺得一開始被我的一蚊指插死，才是一種真正的幸福吧。」

「嚕。」蚊子開始發動猛攻，一隻一隻在空中盤旋半圈，就宛如噴射機般，衝入包圍橫財的這團黑雲中。

「安息吧。」阿歲的手，已經把橫財的手完全抬起，「你這個無惡不作的鬼盜，橫財！」說完，阿歲優雅轉身，雙手帥氣調整帽簷，朝柏的方向走來，而阿歲的背後，則是一大團黑雲，黑雲裹著橫財，發出殺氣騰騰的嗡嗡聲，持久不斷。

「柏，」阿歲朝著柏走來，「這次我有沒有很帥？」

「阿歲，」柏吸了一口氣，「小心。」

「小心？」

「因為那個橫財雖然被你的蚊子包圍，但，他的風，卻一點也沒有減少。」

「風，沒有減少？」阿歲眉頭一皺。「這代表……」

「你的攻擊，根本沒有用……糟糕，風來了！」柏大叫，「你的背後，風來了啊！」

風，狂暴邪惡，霸氣冷冽，它來了啊！

阿歲急忙回頭，他又見到了它，該死的它，竟然又再度壓到了自己的頭頂。

它，正是橫財的大手。

「嚕嚕，我想我該讓你知道……」橫財表情猙獰，大手泛起詭異黑光。

「知道？」

「讓你知道，危險等級六和三之間，那巨大的差異！」橫財怒笑，「強盜！給我破門而入嚕！」

這一秒，阿歲感到頭頂掠過一陣微涼。

這種涼的感覺很奇特，阿歲發現，自己進入陰界這麼多年，竟然從來沒有感受過這樣的涼，明明只是一股微涼，卻可以涼到腦門、涼到脖子，然後順著脊椎往下涼，涼到了腳底。

彷彿全身上下都被浸在這股奇異的涼感之中，阿歲閉上了眼，這是什麼感覺？有些輕鬆?卻又包含著悲傷?這一刻，阿歲不想再想了，他想就這樣消失在這片涼意之中。

直到，阿歲突然聽到一聲大吼！

這吼聲好熟悉，是不是哪個自己很重視的人呢?

吼聲還在持續！

這熟悉的人是誰?嗯，阿歲想不起來！

吼聲越來越猛烈，彷彿從五臟六腑深處，對阿歲吼著。

啊，這樣的吼聲，阿歲好像有點印象了，這吼聲是……柏。

「阿歲！」柏大吼著，「別放棄啊！」

「別放棄?」阿歲微微一愣，然後他睜開眼，看見了柏，他正朝著自己狂奔而來，口中大喊著的是——

「混蛋橫財，放開我的朋友，放開我朋友的……腦！」

腦?

阿歲訝異，他抬起頭，這一秒鐘他忽然懂了，為什麼那股涼意會這樣奇特?為什麼會讓他想要放棄生命?因為他看到了自己的腦。

腦，竟然離開了他的腦殼，被握在那個橫財的大手中。

「腦這東西很有趣，軟軟的像是豆腐。」橫財咧嘴笑，「輕輕一捏，人就死嚕。」

說完，橫財的手正要用力，給阿歲一個徹底的痛快。

突然，他感到一陣呼吸困難。

是一種空氣被奪走的呼吸困難。

「這是什麼？」橫財忍不住張大嘴，試圖多吸一點空氣，但隨即，搶走空氣的元兇就已經降臨。

「將空氣奪走，製造足以撕裂萬物的斬擊。」柏已經躍起，右手比成手刀，大吼中，朝著橫財劈了下去。「給我下去啊！真空斬！」

真空斬。

此刻，所有的風，彷彿遇到了王者，驚恐的往兩旁散去，一個弧狀的真空帶於是誕生。

這個真空帶，就是破軍的絕技「真空斬」，足以撕裂萬物的真空斬。

「真，空，斬？」橫財眼睛大睜，目睹著真空斬離自己越來越近……「你是破軍的誰？」

的誰？橫財方才說完，真空斬已經轟然擊中了他的身體，肥大的身軀，頃刻凹出一個刀狀。

接著橫財手一鬆，技被破解，腦瞬間回到了阿歲的腦內。

而下一秒，橫財身體往後飛去，胸口的刀狀凹陷也在此刻爆裂，化成濃烈的血泉，滿天飛濺。

「贏了？」阿歲吸了一口氣，摸了摸自己的腦袋，確認自己的腦回到正確的位置。「柏，你太厲害了啦，你又打出真空斬了？我們又贏了！」

「沒。」柏雙拳緊握。「沒有。」

「沒有？」

「這傢伙的風，」柏再度擺出手刀架式，「不但沒有減少，而且還在增強。」

「增強？」阿歲張大嘴，然後朝剛剛橫財飛出的方向看去。

橫財站起來了。

胸口巨大的血痕仍在流血，但他卻彷彿毫不在意，雙眼綻放凜冽的殺氣。

「說，」橫財咬牙切齒，全身散發著一股要大地崩塌的黑色狂氣，「破軍，是你的誰？」

「破軍……」柏想起了自己曾經與黑幫十傑中的「獨飲」、「鈴」和「小鬼」交過手，他們說過，自己就是破軍轉世。

如果說橫財的強悍程度，和鈴等人在同一個級數，那他是否也認識破軍？

如果說出自己可能是破軍轉世，又會帶來什麼樣的後果？

「說，破軍是你的誰？」

「我……」

「說啊。」大吼之中，橫財雙手前伸，邁開大步，朝著柏撲來。「告訴我，那個該死的混蛋，他媽的跑到哪裡去了！」

「我……」

「說嚕！」橫財挾著狂氣往前狂奔，直奔向柏的面前。

「站住！」柏一咬牙，右手舉起手刀，也許情況緊急，也許受到阿歲瀕死的刺激，柏瞬間掌握了真空斬的秘訣，手心快速泛起凌厲白光。

「說！」橫財越奔越近，原本就肥大的身軀，此刻竟宛如巨人般籠罩住了柏。

「我說……真空斬！」柏一吼，手刀猛然往下一劃，空氣中的風再次開始流動，一個兇悍的真空帶再次成形。

真空帶懷著毀滅一切的殺氣，朝著狂奔而來的橫財攻去。

「柏，幹得好，」一旁的阿歲興奮大叫，「你這次的真空斬威力又更強了。」

只見真空斬離狂奔而來的橫財越來越近，越來越近，眼看就要在他身上再添上一筆觸目驚心的血痕，但下一秒，橫財的手陡然一伸。

他竟然握住了。

紮紮實實的握住了，真空斬。

「啊？」柏與阿歲的嘴巴同時張開。

「破門而入吧，強盜。」橫財獰笑。「把這個弱到不像話的真空斬，當作破門給我拆掉嚕。」

真空斬破了，在橫財肥大的掌心，啪的一聲粉碎，所有的風與空氣一陣亂流，都回到了它們該有的位置。

真空消失了，被橫財破了。

輕而易舉的破了?

「怎麼會這樣?他的技竟然連真空斬都可以擊破?」柏微驚,重新聚氣到雙手,然後左一刀右一刀,打破了柏至今以來最強的極限,使出了雙刀流真空斬。

雙刀真空斬,在空中交錯成一個十字,挾著滾滾的殺氣,撲向正狂奔而來的橫財。

但橫財依然只伸出右手,一隻手用力一捏,就同時抓住兩道真空斬。

「破門而入嚕,強盜。」橫財再度獰笑,右手上的兩道真空斬應聲破碎,劇烈的空氣流動中,橫財巨大的身軀,已經居高臨下的瞪著柏。

「好強。」柏吸了一口氣,昂頭看著橫財,「你真的很強,只憑一隻右手,就殺敗了阿歲和我的真空斬。」

「我問你嚕。」高壯的橫財,睥睨著底下的柏,「破軍,是你的誰?」

「我不知道。」柏回瞪著橫財。「我真的不知道破軍是誰。我也不知道我與破軍的關係。」

「那你為什麼會真空斬?」橫財鼻息沉重,「雖然你的真空斬實在很弱,沒有當年破軍百分之一的威力嚕。」

「我也不知道,但我曾遇到一個叫做鈴的女人,」柏伸出了手,手臂上的紅絲帶緩緩飄動著。「她說,這條紅絲帶會帶我找到答案。」

「紅絲帶……」橫財眼睛瞇起,被肥肉擠到細長的眼睛,深沉的光芒幽幽閃爍著。「對,我剛剛有碰到這紅絲帶的毒,辛辣之中,帶著如情意般詭異迷離的毒性,明明想殺了對方,卻又殺得這麼不乾不脆的，大概也只有鈴那傻女孩了。」

「嗯，傻女孩……？」柏聽著橫財的分析，內心微微一驚，只憑一股毒性就猜出鈴的身分，甚至準確分析出鈴的性格，這個橫財似乎沒有外表看起來這麼草包啊。

「所以你是得到鈴認可的傢伙。」橫財低下頭，瞧著柏。「真是奇怪，鈴這傢伙真是越活越回去了，喜歡這樣的小白臉啊？算了，既然她肯定你了，表示你也許真的和破軍有關係。」

「嗯。」

「這樣的話，」橫財抓住了柏的手，用力往身邊拽了過來，「你就乖乖的和我去找出紅絲帶的秘密吧。」

「不去。」柏全身用力，奮力抵抗橫財的一拽。

「不去？」橫財細長的眼，再度透露出殺氣。「你可知道你是在和誰講話？我可以不弄死你，但至少有一百種讓你生不如死的方法，你是想讓胃在太陽下曬乾？還是想要把腦放到溫水裡面慢慢滾？或者，你喜歡灌飽了酸水的小腸？」

「不去。」柏眼睛注視著橫財，絲毫不躲避。

「難道，你不怕？」注視著柏的眼睛，這一剎那，橫財竟感到自己的內心縮了一下。

因為這男孩的眼睛？橫財感到背脊一涼，因為那一瞬間，橫財發現自己看到了他……

那個總是身穿一件紅鎧甲，只提著一柄長矛，就敢獨自一人衝撞千軍萬馬的戰場怪物？

破軍。

這人，到底與破軍是什麼關係？

「我不怕。」柏此刻內心翻湧，就像是他與獨飲和小鬼交談的時候一樣，他胸口豪氣萬丈，就算眼前是可怕的橫財，也絲毫不懼。

「連死都不怕？酷刑都不怕？」

「都不怕！」柏咬牙，「但只要你答應我一件事，我就和你去找寶物！」

「敢和老子談條件？！」橫財怒笑，「說嚕！」

「你既然如此神通廣大，那我要你去救一個人。」柏慢慢的說著，「一個我的朋友。」

「誰嚕？」

「一個被困在鐵棺裡的朋友。」柏的眼神霸氣轉柔，凝視著下一間病房。「他叫做忍耐人！」

地點在醫院的下一間房間，危急的情勢正在上演，老九用鎖鏈硬是扯出小茜的魂魄，而鐵棺和小曦則完全被陰界食人魚所圍困，只能徒呼奈何。

但就在小曦他們快要成為食人魚的餌食之際，一個粗魯沙啞的聲音來了。

鬼盜橫財。

他是鬼盜橫財，危險等級六的陀螺星，雖然不曾加入任何黑幫的勢力，但其危險程度，卻讓他與搭檔莫言同列政府追殺名單中的黑幫十傑。

他壯碩肥大的身軀出現在房間內，排山倒海的氣勢立刻讓現場所有人噤聲。

「柏，你講的是這個玩鐵鏈的小傢伙，還有這一群溫柔可愛的小魚嗎？」橫財仰頭看著那群食人魚，露出招牌獰笑，「看我橫財的手段嚕！」

說完，只見橫財雙手往下一插，醫院地板竟然硬生生被他拔出一塊宛如汽車大小的巨石。

「這是？」柏看著橫財，完全不理解橫財的手段是什麼，「你要用石頭砸魚嗎？砸得完嗎？」

「笨蛋，等著看吧。」說完，橫財單手抓著這石頭，飛身撲向那密密麻麻的魚群。

石頭越飛越近，魚群露出銳利的大牙，準備將橫財和石頭一起咬碎吞入。

但就在魚群和石頭要交會的瞬間，橫財冷哼一聲，低聲說道：「破門而入吧，強盜。」

破門而入的指令一下，那石頭上四面八方都出現了門，每扇門更在同一個時間打開。

超過二十扇大大小小的門同時被打開，整塊石頭的形狀也跟著發生變化，變成了一張巨大的石網。

石網的面積很大，迎向了前方的魚群，永遠帶著飢餓的魚群煞車不及，全部都衝入了網內。

「魚都來了嗎？」橫財獰笑。「那關門嚕。」

關門。

石網所有的門同時砰的關閉。

而且，石頭原本就是實心，當門一關上，石頭重新回到實心的狀態，也代表魚群根本已經沒有了一絲一毫生存的空間……

「結束了。」橫財冷笑一聲。

下一秒，石頭裡面傳來上百聲或高或低，尖細的悲鳴，那是陰界食人魚死前的尖叫，伴隨著尖叫，這塊石頭開始滲出了血色。

這些血，不用猜也知道，就是被石頭捕獲，然後硬生生擠死的食人魚的血。

鮮血從大石頭的各個角落滲出，伴隨著陰界食人魚獨有的垂死尖叫，此情景殘忍而恐怖。

終於，尖叫減弱，血也停止滲出，橫財順手把石頭扔到一旁。

「所以你根本不是抓魚。」柏看著石頭，對於橫財下手之重感到咋舌。「你是在殺魚？」

「當然，我可是陀螺星橫財。」橫財的招牌獰笑再度出現，「我可不會學莫言那套婆婆媽媽的方式，明明就是一個什麼都不會、只會臭屁的女生，還和她到處去找食材？如果是我，一定用我的超級酷刑手法，把她的記憶逼出來，然後拿到『那個東西』！」

「臭屁的女生？」柏歪頭，他發現橫財怎麼像是在發牢騷啊？只是莫言是誰？那個臭屁的女生又是誰？還有這樣的一號人物，可以讓殘暴兇惡的橫財頭痛成這樣嗎？

「算啦。」橫財收拾了食人魚，把目光移向了其餘的人物，「柏，我已經幹掉了食人魚，現在還要我做什麼呢？」

「做什麼呢？」柏注視著眾人，然後，他赫然發現，他的朋友「鐵棺中的忍耐人」，此刻已經不再忍耐，他像是瘋了般，衝向另一個人。

一個穿著破舊西裝、手拉著鐵鏈，年約四十歲的頹廢男子。

這男人就是元兇，就是召喚食人魚的元兇吧！

「好傢伙，想殺了我老九嗎？」老九面孔露出邪氣，咬牙說，「告訴你，我老九為什麼殺了這麼多新魂，卻依然逍遙法外，因為我其實很強，強到超乎你的想像啊！」

說完，老九右手再扯動「魂鏈」，小茜魂魄發出一陣哀號，又被扯出了幾分，同時老九

乾二淨，這樣的招數，不只強而已，更透露出此人的狠。

寧可錯殺一百，也不放過一人的狠。

這樣狠的人，絕對不只是一般的角色，若他認真起來，現場絕對屍橫遍野。

但，讓老九眼神停留最久的，不是上述這些牛鬼蛇神，而是站在所有人之中，看起來最不起眼的那個年輕男生。

平頭、稚嫩，一看就知道是剛死不久的新魂的弱者。

但，這弱者的眼睛，卻讓老九感到渾身不對勁，那雙眼睛深沉而狂暴，彷彿一大片天空，這秒鐘也許是晴空萬里，下秒鐘可能就降起天翻地覆的暴雪，那是充滿深度與霸氣的眼睛。

這樣的眼神，老九記得自己似曾相識，是的，老九想起來了，上次看到這樣的眼神，是所有鬼卒的頂頭大上司，天同星孟婆。

孟婆那雙經歷了七百多年歲月淬鍊的，智慧之眼。

只是這新魂是誰？抑或，他曾經是誰？是哪一個主星，從陽世中回到陰界，要掀開新的時代了？

而正當老九沉浸在自己驚異的幻想中之時，他聽到了小曦的喊聲。

「老九，」小曦對著老九低喝，「你該知道現在的狀況對你極度不利，隨便一個人都能將你擊敗，你快點把魂鏈放開，乖乖束手就擒，不要一錯再錯！」

「一錯再錯？」老九聽完，乾笑了兩聲。「小曦啊小曦，妳這個含著金湯匙出生，不知民間疾苦的溫室花朵，我可是一點都不覺得自己有錯喔，我只是依照自己的慾望做事而已！」

「依照自己的慾望？就可以把人命玩弄在手掌心嗎？」

「哈哈，此刻陰界政府裡面，玩弄人命的人，可是一大票呢。」老九冷冷的說，「我只是地位低了點、手段爛了點，妳以為政府裡面那些高官，他們沒玩弄過人命嗎？我告訴妳，他們玩得更狠、玩得更大。」

「政府官員……？」

「那些人，妳可是很熟的，就是六王魂啊！」老九冷笑，「既然妳不懂什麼叫做壞人，那就讓我來告訴妳吧！什麼叫做，壞人！」

「老九，你！」

「壞人，就是寧可自己死，也不願成全別人的傢伙啊，哈哈哈哈！」老九大笑，右手拉著魂鏈，左手一翻，一盞外型古老的油燈，出現在他的掌心。

「這是，不夜燈……」小曦一愣，不夜燈是與「魂鏈」、「魄印」合稱鬼三物，是鬼卒每次執行任務必備的寶物。

但，這三項寶物的功用只是警示，表示這裡有政府的鬼卒正在執行任務，陰魂與陰獸不可介入。

只是，老九的魂鏈可以拉扯陽世的魂魄，魄印可以召喚猛獸，那他的不夜燈呢？又會變成什麼樣子？

「亮起來吧，我的不夜燈。」老九吼道。「讓他們知道你的厲害吧！」

眾人同時屏息，然後不夜燈亮起，只是它的亮光卻不是明亮的光線，而是深邃可怕的黑色，彷彿光明與黑暗顛倒，被不夜燈點亮的區域，竟然像是一片濃厚的陰影。

而且隨著不夜燈被點亮，陰影般的黑暗，就像是潮水般直往四方擴散而出，這片黑暗剛好包圍了柏、橫財、阿歲，以及老闆娘四人。

「這是什麼？」柏看著不斷湧來的黑暗，感到心臟一縮。他不喜歡這樣的感覺，這不夜燈，肯定是一個非常危險的寶物。

「看樣子，這不夜燈是通道嚕。」柏的背後，是橫財冷冷的聲音。

「通道？」柏不解的回頭。

「是的，這股黑暗充滿了空間的扭曲感，肯定是溝通其他地域的通道嚕。」橫財平靜的說著，「真沒想到，不夜燈這種看起來隨手可得的寶物，竟隱藏著這樣的能力。」

「通往其他地域……」柏感覺黑暗已經籠罩過來，轉眼間，他和橫財等人便陷入了黑暗之中。

「這個老鬼卒，倒是挺有當陰界科學家的天分嚕。」深陷在這片黑暗中，橫財的聲音沒有半點恐懼，反而興趣盎然。「只是令人好奇的是，這通道到底通往哪裡？」

「通往哪裡？」柏吞了一下口水，從黑暗中不斷透出來奇異的氣味，他知道這通道的盡頭，肯定不是一個美好善良的地方。

而是一個隨時會喪命的至險之地。

「通道的兩端都必須放置不夜燈，才能形成通道。」橫財不愧是搶了不少東西的強盜，一下子就領略了不夜燈的用法。「現在就看這個老九，把另一盞不夜燈放在哪裡了。」

橫財說完，黑暗開始消散，黑暗後面的景物也逐漸清晰，等到柏看清楚了眼前的畫面，他嘴巴不禁大張。

眼前是一大圈血紅的肉，血紅肉的外圍，則是數以百計的尖銳白牙。

血紅的肉圈正高速朝柏衝來，而且就要闔上。

這片血紅肉與牙齒組合而出的肉圈，柏永遠不會忘記，因為就是這恐怖的肉圈，激怒了天福星，生吞活剝了僅剩的福字部高手，也是他踏入陰界之後，第一次見識到陰獸的可怕。

那肉圈，其實是一種生物的嘴，一種叫做「屍鯊」的嘴。

而現在，那大嘴正朝著他們而來，轉眼就要闔上。

就在柏陷入驚恐，準備使出真空斬反擊之際，他感到耳邊一陣疾風吹過。

那是橫財的拳頭。

「哈哈，屍鯊嚕？」橫財的拳頭擦過柏的耳際，然後筆直的轟入肉圈中。

砰。

屍鯊嘴的紅圈整個炸開，與牙齒化成幾十塊紅色與白色的碎片，散落在柏的眼前。

「好厲害。」柏吸了一口氣，一拳擊斃一隻屍鯊，這橫財果然厲害。

但柏只高興了半秒鐘，因為黑暗中肉圈不斷浮現，一隻兩隻三隻……轉眼間，數十雙透著殺氣的鯊魚之嘴，已然現身。

「這裡是屍鯊的巢穴，」橫財冷笑，「那個老鬼卒還挺厲害的，竟然能把另一盞不夜燈放在這裡。」

「那我們該怎麼回去？」柏擺出架式，面對群鯊，「總不能一直在這裡打鯊魚，打到天荒地老吧？」

這時一隻屍鯊衝來，柏先靠著風感能力往下避開，然後將真空斬集中在手心，順著飛騰而來的屍鯊肚子，破出一道清晰的刀痕。

屍鯊持續往前飛，肚子的刀痕則越裂越大，到後來五臟六腑一齊滾落。只是屍鯊十分兇悍，就算肚破腸流，仍回頭追咬著柏，他只好繼續補上幾刀真空斬，才讓這隻屍鯊乖乖倒地。

「擔心太多嚕。」相較於柏的戒慎認真，橫財顯得灑脫自在，只見他隻身走入屍鯊群中，面對四面八方，上下左右蜂擁而來的屍鯊大嘴，只是冷笑了一聲。

然後揮拳。

沒有打出半點技，沒有，只是憑拳頭。

十餘秒後，橫財周圍已經散落了一地的屍鯊殘骸，只見他露出笑容，將拳頭上的血在身上擦了擦。

「有點弱喔，小鯊魚們。」

而另一頭，阿歲與老闆娘也一起被拖入了不夜燈的通道中，他們兩人背抵著背，聯手抵禦猛衝而來的屍鯊，一個施展星穴之術逼得屍鯊短暫癱瘓，另一個則打出一蚊指的技，將癱瘓的屍鯊戳得滿身是洞。

「不用擔心，為什麼？」屍鯊的混戰中，柏轉頭問。

「因為這鬼卒的不夜燈不是正版的，所以通道效果也只是暫時，等一下我們就回去了。」

橫財自信滿滿的說。

「是嗎？」柏正要繼續問，忽然就發現不夜燈再度泛起如黑影的光。

黑影如潮水般湧來，一下子就將眾人給吞沒了。

「我們回去了嗎？」柏看著黑暗正在散去。

「不對。」黑暗中，橫財的聲音傳來。「這裡不是醫院。」

「咦？那這裡是哪裡？」柏一愣，同時間，他已經看清楚了眼前的景色，此處果然不是醫院，而是一大片的花園。「挺漂亮的啊，這裡。」

「才怪嚕。」橫財笑著。「這裡比屍鯊的巢穴更危險。」

「花園……怎麼會危險？」

「這裡不是普通的花園，」橫財露齒一笑。「這裡是鋼鐵玫瑰的家。」

「鋼鐵玫瑰？」

「鋼鐵玫瑰，不單是A級陰獸，還是美食者的最愛，這老九真的有幾把刷子嚕，可以把不夜燈放到這裡！」

「鋼鐵玫瑰？」柏還沒來得及反應，眼前的花園竟然開始蠕動起來，像是活過來一般，所有的花都開始移動，然後一株一株的玫瑰自園中抬起頭，彷彿在瞪著柏等人。

「鋼鐵玫瑰，要小心的，是它們的刺噜。」橫財獰笑，可是他才笑完，刺，就來了。

所有的刺，宛如一蓬蓬密密麻麻的刺之雨，在空中閃耀著銳利的金屬光芒，籠罩到柏等人的頭上。

「這刺，也是美食家的最愛噜。」橫財雙手扠腰，竟然完全不抵擋這波鋼鐵刺的猛攻，只聽到叮叮噹噹的連續聲響，刺射中了橫財。「只要道行夠，提升身體肌膚的能量密度，就能讓自己的肌膚比鐵還硬。」

每根刺都刺中了橫財，卻沒有半根刺入橫財的皮膚，好霸好硬的道行。

「透過道行讓肌膚的能量密度提升到比鐵還高……」阿歲在旁邊低喃，「難怪我剛剛蚊子的針，刺不進他的體內。」

而面對這樣綿密的針，柏的風感能力則完全派不上用場，他劈出一刀真空斬，抵消了第一批的鋼鐵針，但第二批已經來了。

柏尚未回氣，針，已經來到了他的面前。

「糟。」柏看著凜冽的針尖，就在他眼球數公分處。

然後，忽然一個黑影，振著翅，在空中繞著圈圈，繞到針尖的前方。

噗。針刺中了那黑影。

黑影墜落，連帶的，兇猛的針也失去了氣勢，跟著一起墜下。

「這是……」柏張大嘴，同時間，第二根針、第三根針……第二十根針，全部都來了。

只是針越多，黑影也越多，一針對上一隻黑影，綿密的噗噗噗聲過去，黑影與針全部一起墜落，而當柏低頭看清楚黑影的模樣，他不禁露出感激的笑容。

「阿歲，謝啦！」柏笑了。「好蚊子。」

「我的蚊子專門對付這種情況的啊。」阿歲扶了扶帽子，露出得意臭屁的笑。「擋一根針就算你一百元好了，等回去再一起算。」

「真的很愛錢欸你。」老闆娘用手肘頂了阿歲一下，阿歲得意的哼了一聲。

阿歲的周圍，也全部都是蚊子。

面對無差別瘋狂如雨的鋼鐵之針，蚊群就像是愛國者飛彈，不斷從阿歲的身軀周圍飛出，自動追蹤飛針，然後以同歸於盡的方式將其打落。

針來得快，蚊子來得更快，轉眼間，地面上已經佈滿了密密麻麻的蚊子屍體。

「某種程度上，這裡的確比屍鯊的巢穴更危險，」柏環顧著周圍，他不禁揉了揉眼睛，不知道是不是他的錯覺，鋼鐵玫瑰似乎正在聚集，朝一個地方集中……「那個老九，究竟是怎麼把不夜燈擺到這裡的？」

「所以，這傢伙有鬼！」阿歲點頭，他也注意到眼前鋼鐵玫瑰的異樣。「那些花，是怎麼了？」

鋼鐵玫瑰越聚越多，然後突然一起往上，轟然一聲，噴出了滿天的玫瑰花瓣。

玫瑰花瓣好美，鮮紅色花瓣慢慢的從天空往下，朝著柏等人飛落。

「是滿漂亮的，」柏仰著頭，「就像是油桐花雨一樣的美景，到底是什麼……」

「我也不知道，但這樣看著，還滿舒服的！」阿歲仰頭看著，也被眼前的美景所迷惑著。

「只是麻煩的是，實在看不出來哪裡危險啊？」

「你們都猜對了。」這時，橫財的聲音傳來，「這鋼鐵玫瑰的花瓣之雨，真的很危險。」

「哪裡危險？」

「玫瑰是愛情的象徵嚕。」橫財咯咯的笑著，「愛情這東西啊，越是火燙，越是危險啊。」

越是火燙，越是危險？

然後柏的雙眸中，倒映出了火光。

因為每一瓣玫瑰，都浮出了火光。

眼前這不斷飄落的玫瑰雨，下一秒，變成了美豔絕倫、讓人永難忘懷的火焰之雨。

火焰雨實在讓人難忘，尤其是……當你深陷在火焰雨的核心時。

「鋼鐵玫瑰的火，剛好是鋼鐵的熔點。」橫財笑，「一千度。」

一千度？柏吸了一口氣，這樣的溫度，就算是陰魂也會致命吧！

「而且如果我猜得沒錯，這樣的溫度啊！」橫財表情幸災樂禍。「現場大概只有我可以活下來吧！咯咯咯咯！」

眾人面面相覷，是啊，這樣的溫度，無論是柏的風，或是阿歲的蚊子，甚至是老闆娘的星穴，都無法抵抗。

的確只有危險等級高達六，道行底子深厚的人，才能全身而退。

鋼鐵花瓣越燒越旺，溫度更是瘋狂上升，就在深陷火焰雨的眾人，已經束手無策的同時，忽然，情況陡變。

黑暗來了。

不夜燈的效力減弱，黑暗再度來了，正是時候的降臨了。

1.4 第三個地方

不夜燈的通道中，柏再次聽到橫財的聲音，這次橫財說起話來，有幾分喃喃自語。

「如果，還有第三個地方，」橫財雙手抱胸，冷冷的說，「那表示這老九該殺了。」

「該殺？」

「不夜燈的空間轉移，需要大量的道行，老九不過只是一個鬼卒，就算天資聰穎，要把我們四個人一口氣轉移兩次，已經相當不合理，若是到第三次……」

「第三次又怎麼樣？」

「這老九的能耐太高，絕非自我修行可得，背後必定有人指導，此時不殺他，將來必有後患。」橫財肥胖的細眼睛瞇起，透著凜冽的殺氣。

「嗯。」柏感受到橫財語氣中的殺氣，微微打了一個寒顫。

這男人，還真的把人命視為糞土啊。

「不過，越來越有趣啦，」橫財笑，摩擦著雙手，「陰界很久沒那麼熱鬧啦，討厭的武曲回來，又有使風的人出現，現在，連隨便一個鬼卒，背後都可能藏有驚人勢力，咯咯，讓人真是期待的陰界啊！」

「讓人期待的陰界……」柏苦笑。這時，眼前的黑暗開始消散，然後景物慢慢清晰。

當柏認出了前方的景色，他笑了一下，回頭。

「看樣子，你會殺了老九吧。」柏回頭，看著橫財。「因為這裡肯定不是醫院。」

「是啊。」橫財獰笑。「竟然通往第三個地方了，這裡是哪裡？」

這裡是哪裡？

這裡光線晦暗，地形狹小，只有一盞不夜燈的黑光在角落隱隱閃爍，不像是屍鯊居住的谷地或是鋼鐵玫瑰的花園，反而像是每間屋子裡都必備的一個空間……

「廚房？」柏看著周圍，「而且這廚房好小，比一般的廚房更小……」

「媽的！」這時，橫財卻突然叫了出來。「這裡，這裡是……」

「怎麼？」柏問。

「這廚房我來過嚕，」橫財抓了抓頭髮，怒意沖天，「可是，怎麼會被轉移到這裡來？」

「你來過？」

「當然來過，因為我才從這裡離開，靠，這裡是那個臭女人、那個臭女人的地盤，怎麼可能會被轉移回這裡！」橫財大叫。

「什麼？」柏看著向來霸氣且從容的橫財如此失態，更是困惑。

「因為，這裡是…………」橫財吼著，「快餐車的廚房啊！」

快餐車的廚房？

「啊？」柏還沒弄懂橫財的意思，忽然，廚房的門被推開了，然後一個聲音跟著出來。

「冷師父……」那聲音纖細柔婉，一聽就知道是個年輕女子，「煮湯的事我拿手，交給我就好了。」

這聲音、這聲音……這一剎那，柏全身的血液竟像是逆流般，整個頓住，他，聽過這聲音，從漫長的數十年前，到陽世的那段歲月，他聽過這聲音。

一個讓他震撼、讓他難忘、讓他掛懷的女子聲音。

為什麼，會出現在這裡？這女生是誰？這裡又是哪裡？

門，正在推開。

那女子的影子也隨著逐漸打開的門縫，射了進來，纖細、高挑，連影子都可以感覺到幾分的任性。

只是同一時間，柏發覺周圍的燈光陡然變暗，黑潮又再度出現了。

「怪怪的，不夜燈的通道被提早關閉？」橫財仰著頭，「有別的道行介入，而且，還很強。」

「等一下，等一下！」柏伸出手，想要撥開黑暗，想要再看清楚一點那個女子的身影。

「我想看清楚，我想……」

但黑暗怎麼可能被柏撥開，轉眼間，黑暗籠罩住了一切。

整個世界的畫面，頓時完全失色。

「妳究竟是誰？」柏想喊，但不夜燈的通道轉換已經開始，柏又回到了黑暗中，一片漆黑裡，景色消失，卻隱約有旋律浮現。

那是種簡單至極的樂器，所譜出的溫暖且悲傷的旋律。

終於，柏認出了那樂器。

是風鈴。

搖曳出這樣旋律的……是一種叫做風鈴的樂器啊。

第四個地方，這次，真的回到了醫院。

真的是醫院。

柏悵然若失，如果說剛剛第三個不夜燈通往的地方，真的是橫財口中的快餐車，那推門而來的女孩是誰？

他認得她，更不止一次看過她，上次是在大規模的貓群移動中見過她，但柏知道，自己更早以前就看過她了，也許是陽世？甚至是，在陽世之前……

隨即，一個更大的疑惑來到柏的腦中，「不夜燈」為什麼會帶他們到快餐車的廚房？如果老九要害死他們，放在屍鯊的巢穴或是鋼鐵玫瑰的花園都還算合理，但唯獨最後的廚房，又有什麼危險？

「橫財，你說轉移到第三個地方，你就要認真對付老九。」柏想到這，看向這個不久前才認識的巨大高手。「你準備動手了嗎？」

「不用嚕。」橫財的聲音傳來，低低的，從語調中可以聽出這個粗魯而暴力的男人，內心竟然充滿了疑惑。

「為什麼不用？」

「因為，那個老鬼卒……已經死了嚕。」

「死了？」柏一愣，這一秒鐘他從自己的心事被拉了出來，重新回到現實的場景。

黑暗此刻完全消散，醫院的景物清楚呈現。

是的，老九已經死了，像是沉睡般的死了。

他歪著頭，雙腳打開倒坐在牆邊，右手仍拉著已經垂軟的魂鏈。

老闆娘走近老九的屍體旁，輕輕按了一下他的脈搏，然後搖搖頭。「死了。」

「怎麼死的？」柏皺眉，這老九看起來氣色如常，實在不像是激戰後喪命的。

「全身的道行被切斷，死得乾脆俐落，一點都不拖泥帶水。」老闆娘苦笑，語氣中帶著些許敬畏，「行兇者不僅道行極高，重點是對魂魄的星穴位置也十分了解，才能用最小的力量，瞬殺這樣的高手。」

「對方也懂星穴？」柏訝異，轉頭看向阿歲，阿歲的表情比老闆娘更慘白。

「若是一個殺人高手，」老闆娘持續苦笑，「出手自然瞄準要害，通常就會打中星穴。」

「殺人高手？他為什麼要殺老九？剛剛我們被不夜燈拖入通道的時候，到底發生了什麼事？」柏內心湧起好多問號，正要繼續詢問，忽然，橫財出聲了。

「你有問題，不妨可以問問當時留在這裡的人嚕？」橫財冷冷的說，「那雙手黏在鐵棺上的女孩啊。」

「對啊，還有小曦！」柏一轉頭，發現小曦正躺在鐵棺上，雙目緊閉，已經陷入重度昏迷中。

老闆娘走到小曦身邊，手輕輕一拍，以非常輕微的道行刺激了小曦的星穴，她立刻重重吸了一口氣，馬上轉醒。

「小曦，妳還好——」

忽然，小曦手一伸，用力抓住了老闆娘的手，全身顫抖。

「快！」

「快？」

「魂鏈鬆了，」小曦抬起頭，「忍耐人的未婚妻被提早拉入陰界，九死一生，鐵棺中的忍耐人心神混亂，也快死了。」

「那怎麼辦？」所有人的目光都望向病床上的那名女子。

是的，柏等人都專注在老九詭異的死因上，卻沒有人注意到魂鏈一鬆，被半拉出來的魂魄無所依憑，生命力正在快速消逝。

這個被硬拉出來的魂魄，就如同人力強扯出來的胎兒，若沒有強大的能源灌注，幾分鐘後就會魂飛魄散。

幾分鐘後，這個曾讓忍耐人在陰界思念了整整五年的女孩、這個曾與忍耐人互訂婚約廝守終生，讓忍耐人在當兵前留下一句「等我」的女孩、這個與忍耐人在小學裡，用粉筆在桌上劃上界線的女孩，就將魂飛魄散，化成粉塵，散落在自然界中。

從此，再也沒有意識、再也沒有記憶，而忍耐人，也再沒有堅持下去的理由。

她會死，所以他肯定也會死

小曦懂忍耐人此刻的心情，因為小曦的星穴正與忍耐人的星穴緊緊相連，所以她比誰都懂。

懂那種悲傷、那種寂寞、那種害怕，更懂那種被賦予了愛的名字，但總讓人哭的一種感情。

小曦懂了，一直以來，她跟著忍耐人，一直想要弄懂的感情，此刻，終於懂了。

「拜託，請救她。」小曦抬起頭，淚流滿面的看著老闆娘。「請救那個女孩。」

彷彿用盡最後一絲氣力，小曦說完這番話，又因為受到心神陷入混亂的忍耐人影響，再度陷入了昏迷。

窗外，夕陽慢慢下沉。

醫院中，象徵著生命跡象的心跳曲線終於被拉成了直線，就算是最有經驗的醫護人員也束手無策，因為生者的魂魄已經被強行拉出，距離魂飛魄散，只剩一線之隔。

不只是陽世的肉體將死亡，連陰界的壽命都將結束。

「要救這樣孱弱的魂魄，已經不是星穴可以解決的，」老闆娘苦思之後，咬著牙說，「需要一個能強力補充能量的寶物才行。」

「現在，哪裡能找到一個強力補充能量的寶物？」柏問。

不只是柏，此時此刻，阿歲與老闆娘都問了相同的問題。

「要能量充沛的寶物嗎？」阿歲苦思著。「時間這麼趕，去哪裡找這樣的寶物啊？」

「能量充沛、足以挽救人命的寶物？」忽然間，柏想到了一個東西，在衝入病房的途中，所碰到的那個東西……

只是，「那個人」肯給嗎？只憑他們幾人的力量，又打得贏他，搶得到寶物嗎？

預想到接下來可能發生的狀況，柏感覺自己的背脊開始發涼，分不清楚是憤怒、害怕，抑或興奮。

因為，病房裡真正的血戰，恐怕才剛剛要開始而已啊！

第二章・武曲

2.1 懷念的旋律

陰界的報紙銷量，今天破了紀錄。

陰界的網路上，一篇文章正被低調但快速的轉載著。

報紙或是網路文章，事實上，都寫著相同的一件事。

那就是……

不久前，有一個女孩帶著一群貓，衝入了被群鼠盤踞的亂葬崗，這女孩經歷了一場又一場的血戰。

血戰後，群鼠被正式驅逐出亂葬崗，陽光射入了地表，而象徵著富足的橄欖樹，終於再次結出點點的果實。

甜美的果實如雨，在亂葬崗的上空飄散，讓每個瘦弱貧窮的亂葬崗陰界子民，都笑了。

他們笑，是因為他們知道苦日子終於結束，接下來等待著他們的，是一個充滿了陽光、逐漸轉好的生活願景。

這樣的事，對結構緊密、權力巨大的政府來說，也許是件不起眼的小事。但後續發展卻像是投石入水，泛起了淺淺的漣漪。

文章之後，開始有人問，那女孩是誰？究竟是誰？今日的她是一枚小石子，只能泛起淺淺漣漪，未來會不會有一天，她會掀起震動陰界政府的大浪？

這些人沒有得到問題的答案，因為政府強勢控制，許多轉載文都在一天後莫名的消失，大家只能把問題藏在心底。那女孩究竟是誰？那女孩現在在幹嘛？

事實上，那女孩現在沒有在幹嘛，她沒有想那麼多，她只是突然想要煮湯。

「蔬菜、玉米、番茄，加上一點點青蔥。」她不擅廚藝，現在的她卻想為大家煮湯。在湯的世界中，水是一個溫柔的媒介，會將所有的食材，手牽手連結在一起。一碗暖暖的湯，不只能使人飽足，更能暖人脾胃，讓人產生幸福的感覺。

尤其是剛剛她才帶領著自己的夥伴，還有一大群貓，從九死一生的鼠窟中逃了出來，所以她想把自己所有的心情，都放進鍋子裡，變成一碗暖暖的湯，告訴她的夥伴，他們一起經歷了一場生死之鬥，而我們成功了。

「冷山饌師父，煮湯的事我拿手，交給我就好了。」於是，琴主動起身，並走向快餐車的廚房。

「喔。」冷山饌，這個擁有神之舌的名廚，露出慈祥的微笑。「的確，論煮湯，妳的確是獨一無二的，畢竟，老夫的舌頭，就是妳的湯喚醒的。」

「那是湊巧啦！」琴一笑，手按住門，回頭一笑。「獻醜啦。」

然後，琴的手微微用力，門就要順勢而開。

也就在這一剎那，琴聽到了門後有聲音。

「不夜燈的通道被提早關閉？有別的道行介入，而且，還很強。」

這聲音，透過空氣細微的震動，組成一種獨特的頻率與震幅，傳到了琴的耳裡，然後又進入了琴的腦中，讓她自動從記憶中找尋似曾相識的頻率。

「橫財？」這秒鐘，琴找出了千百組記憶中，有一個吻合的頻率。她心裡浮現疑問，「但橫財不是去尋找寶物了嗎？他的聲音為什麼會出現在這裡？」

就在琴的門越推越開之際，另一個聲音跟著響起。

「等一下，等一下！我想看清楚，我想……」

另一個聲音，從門後橫財的身邊響起，再度化成自己獨一無二的音波頻率，來到了琴的耳際，震動了鼓膜，然後以高速穿過長長的聽覺神經，來到了負責掌管琴記憶的腦幹中樞。

在這裡，記憶之書再度開始翻動，尋找屬於正確的配對。

「沒有。」第一時間，琴的大腦做出判斷，「我不認識這聲音。」

但就在琴的腦袋做出這樣判斷的同時，她胸口竟然微微震動了起來，另一組記憶，似乎給了一個不同的答案。

風鈴？

武曲的記憶風鈴？

風鈴聲響起，瞬間將琴帶入了更深層的記憶，那記憶，甚至超越了此刻琴的陰界記憶、超越了琴陽世的記憶，往深處探去……

再往深處……

更深處……

那比琴的陽世記憶還要更深的地方，這個聲音曾經存在。

而隨著探索記憶的過程，風鈴更搖曳出了一種旋律，這旋律只有兩個字可以形容，那就是懷念。

「誰？」琴急忙用力推門，她想要看到聲音主人的模樣，她想要看看究竟是哪一個人，竟然讓風鈴如此懷念？

風鈴，你在懷念誰？武曲的記憶啊，你究竟在懷念誰？

門被猛力推開，砰一聲撞上了牆壁。但下一秒，琴卻悵然了。

因為，廚房中，空無一人。

幽暗的燈光，空蕩的廚房，哪有橫財？哪有那個讓風鈴震動的男子？

「風鈴，」琴摸著自己胸口的風鈴，輕聲的說，「武曲的記憶啊，妳是聽到了什麼令妳懷念的聲音嗎？」

風鈴的搖曳逐漸減緩。

「妳一定很想見他吧。」琴輕輕的說，眼角泛起淡淡的淚光。「隔了二十九年，那個人，一定是妳最想見的一個人吧。」

風鈴，終於停住了。

「武曲啊，」琴用雙手將風鈴抱在胸口，「原來妳和我一樣，也是一個固執的傻瓜。」

「琴姊，剛剛怎麼了？」也許是聽到了琴的聲音，廚房來了兩個人，一個是小耗，一個是大耗。

這兩個師兄弟，一個身高約莫一百六十公分，是鬼靈精師兄，叫做小耗；一個身高將近一百八，是粗魯憨傻的師弟，叫做大耗。

「沒，我剛剛好像聽到了人的聲音。」琴急忙擦去眼角的淚水，「大概是從鼠窟出來，有一點點累了。」

「有一點累？那幹嘛還煮湯？」大耗捲起了袖子，「琴姊，煮湯這件事就交給我吧，我超會用鍋子的。」

「笨大耗。」小耗敲了大耗腦袋一下。「你煮湯有琴姊好喝嗎？」

「呵呵，和上次琴姊的湯比，是差滿多的啦。」大耗搔了搔頭上剛被小耗敲過的地方，露出害羞的笑容，「但我超會用鍋子的喔，透過我的技，能讓鍋子的火候均勻散佈在每個地方，使鍋子裡面的食材，能得到最完美的照顧。」

「好厲害喔，鍋子……」琴側著頭微笑。「大耗，你為什麼要選擇這樣的技呢？」

「我……我的技嗎？」大耗看著琴的笑容，臉也紅了，「因為我的夢想是，煮出世界第一的火鍋啊。」

「世界第一的火鍋？」

「是啊，所有火鍋的配料都要頂級的，然後配上絕對完美的火候，打造出陰界第一的火鍋。」大耗笑，「因為我超愛吃火鍋的，所以我正在尋找完美的火鍋食譜，這樣的夢想，會不會很蠢？」

「不會啊，超酷的。」琴笑。「那大耗，你能答應我一件事嗎？」

「什麼事？」

「如果有一天你的火鍋完成了，可以找我一起吃嗎？」

「當……當然……」大耗咧嘴一笑，拚命的搔著後腦杓，露出傻到可愛的笑容，「琴姊妳一定有一份的啦，我一定會幫妳留的。」

「記住我們的約定喔。」琴甜甜的一笑，把眼神移向了一旁的小耗，「那你呢？小耗，你為什麼選擇麵條當你的技？」

「因為我還在陽世的時候，媽媽最愛吃麵了。」

「啊？」琴一愣。「你陽世的媽媽，很愛吃麵嗎？」

「魂魄對於陽世的記憶多半很淺薄，但這件事我卻始終記得，我在陽世的工作是廚師，每天都很忙，忙到連自己媽媽也沒空照顧。」小耗的手心出現了小小的麵團，他左右手輪流扔著，就像是小孩子玩的沙包。「媽媽陽世的壽命將盡的那天，她突然對我說，她想吃麵，她想在臨終前吃一碗麵。」

「吃麵……」

「是啊，」小耗輕輕的玩著手上的小麵團，「當時的我，並不知道她陽壽將盡，就走到廚房中，隨意煮了一碗麵，端給媽媽。」

「嗯……」

「她吃了，」小耗低聲說著，「然後對我甜甜一笑，說這是她吃過最好吃的麵。那個晚上，她爆發急症，就走了，離開了陽世。」

「嗯……」

「那晚，我急著送媽媽去醫院，弄到半夜趕回家拿東西，看到桌上那碗麵，我忍不住拿起來喝了一口，想知道媽媽這輩子吃過最好吃的麵，是什麼味道……」

「然後呢？」

「我的眼淚流下來了，因為我發現自己實在太隨便了，竟然忘了放調味料，那麵根本沒有味道，可是媽媽卻吃得好認真。我好後悔，媽媽人生最後的一碗麵，竟然讓她吃到這麼糟糕的東西。」小耗咬著牙，「後來我來到了陰界，我就確定了我的技是麵團，我要打造出最棒的一碗麵，一碗真正好吃的麵。」

「小耗……」

「如果哪天，如果我有機會……在陰界遇到媽媽的魂魄，我一定要煮一碗最好的麵給她吃。」小耗的眼神看起來好堅定。

「小耗，你好可愛喔。」琴微笑。

琴萬萬沒想到，這個身材嬌小、看起來比自己小上幾歲的男孩，其實保留著一份非常成熟且沉重的陽世記憶。

「這和可愛有什麼關係啊，琴姊。」小耗臉又紅了，又回復成了那個十幾歲的害羞少年。

「呵呵，超可愛的啊。」琴的笑容，總能讓小耗臉上的溫度不斷升高，「那，聽完了你們的技，我突然有個想法，可以請你們幫忙嗎？」

「是，」大耗和小耗同時應聲，「如果是琴姊的要求，赴湯蹈火也不皺一下眉頭。」

「別講得這麼恐怖嘛，赴湯蹈火……」琴側著頭微笑，「我只是要請你們幫忙，幫我一起煮湯。」

「煮湯？」小耗和大耗一呆，「這件事為什麼要我們幫忙？」

「我想把湯煮大鍋一點，」琴微笑著說，「然後多放些料。」

「鍋子要多大？」大耗問，說到鍋子，這可是他的專門領域。

「多大啊……？」琴把雙手張開，開到了極限，「你能做到多大，就做多大吧！」

「鍋裡面的料，我可以幫忙準備，只是，琴姊……」小耗睜大眼睛，「妳到底要做什麼？這樣的鍋子，可以讓好幾百個陰魂吃飽了。」

「我要做什麼啊，當然是請上百個『牠們』吃飯啊！」琴微笑。

「牠們？」

「牠們，就是帶著我們衝入鼠窟的……群貓啊！」

2.2 感謝之湯

約莫半小時後，貓街外，一個宛如小型游泳池的鍋子，裡頭正竄出騰騰的蒸氣。

蒸氣中佈滿了各種讓人食指大動的氣味元素，彷彿讓人見到了這些元素原本的形態！

這一秒，蒸氣化成一大群肥美的深海魚，下一秒，蒸氣又變成一株株健康爽口的蔬菜，再下一秒，蒸氣又化成在湯中微微顫動的豆腐。

各種美妙的食材，自四面八方相遇，然後一起在大鍋上跳著舞，然後，大鍋之上，一個女孩雙手抓著大鍋勺，用力攪著。

「琴姊，真的不需要幫忙嗎？」大耗與小耗在一旁，不時問道。

「不需要。」琴微笑，頭髮因為汗水而變得一綹一綹的，「就這鍋湯，我想自己煮給貓咪們吃。」

「嗯。」大耗與小耗露出佩服眼神，用力點頭。

「有貓咪出來了嗎？」琴一邊奮力的攪動著鍋，一邊詢問。

「嗯……還沒有……」

「還沒有啊。」琴歪著頭，她眼神凝視著此刻安靜的貓街。

昨晚，她仗著冷山饌煮出的一鍋湯，引起了貓街暴動，更引出百大陰獸之中的白鬚貓，可見貓咪是多麼愛吃的陰獸。但只過了一天，同樣香氣繚繞的大鍋湯，貓街卻如此的死寂？

「貓咪啊，因為你們不再相信人類了嗎？」琴繼續攪著湯，內心湧起一股愧疚感，「因為我們用食物引誘你們，讓你們死傷慘重嗎？」

鍋子在大耗的技催熱下，不斷冒著蒸氣，更順著風飄散到每個角落，但以貪吃著稱的貓街，卻始終沉默。

「怎麼辦？」小耗看著琴姊。「還是我去裡面把貓咪抓出來？」

「別傻了，」琴苦笑，「這時候你還來硬的，簡直就是火上加油。啊，我知道了。」

「妳知道了？」

「就加那個東西吧。」琴一笑，從懷中一掏，一個綠色透明的罐子中，裡面濃稠的液體正輕輕搖曳著。

「這……這不是橄欖油嗎？」小耗和大耗同時吞了一口口水，「琴姊妳確定？這可是我們費盡千辛萬苦，好不容易得到的傳說食材……」

「貓咪也有一份功勞啊！」琴說完，打開了蓋子，在一陣奇異的香氣中，毫不吝嗇的將半瓶橄欖油，倒入了鍋中。

「呃。」小耗和大耗嘆氣，「好……好可惜啊。」

只見半瓶橄欖油一入熱騰騰的鍋中，激起一陣水花後，又沉寂了下來。

「沒用嗎？」琴低語。

「不，是剛剛才要開始。」小耗閉著眼，因為以廚師為志業的他，已經聞到，蒸氣中的香氣產生了變化。

橄欖油，在武曲當年的聖黃金炒飯中，擔任的便是融合的角色，它彷彿是每種食材的啟發者，能將食材最基本的美味引誘出來，如今，它來到鍋中，更再次展現了它啟發者的天職。

所有食物的美味，都在瞬間提升了百倍。

而這些美味的提升，更直接展現在蒸氣的香味上，一陣風吹來，騰騰的蒸氣，飄入了貓街。

貓街乍看之下依然死寂，但琴卻彷彿聽到了貓咪們的低鳴，那是一種聞到美食時，來自鼻腔的一種讚嘆。

讚嘆，生在這美食世界的美好。

接著，琴看到了牠。

小小的、羸弱的、拖著受傷腳步的，一隻好小的小貓，小心翼翼的走了過來。

牠的道行顯然很低，因為牠的鬍鬚不是白色不是黑色，而且短得可愛。

「你想吃嗎？」琴從鍋邊跳了下來，手裡端著一碗剛盛起來，滿是鮮料的湯，放在小貓面前。

小貓看到琴靠近，身體一縮，往後一彈，又彈回了貓街的深處。

「糟糕，好像嚇到牠了。」琴雙手扠腰，側著頭苦惱。「東西真的很好吃欸，你們也很想吃吧？為什麼就是不敢出來呢？」

「琴姊，貓咪雖然是陰界中最尊貴的陰獸，可是一失去對人的信任感，是無法復原的。」小耗說，「我們還是放棄吧。」

「對啊，琴姊，我們回去吧，冷師父和小才小傑他們還在等我們吃飯哩，我們放棄吧。」

「不行。」琴跺腳。「不能放棄。」

「那怎麼辦？」

「貓咪對人失去了信心對吧？」琴走到了鍋子的另一頭，然後坐下，「那我們就背對牠們吧。」

「背對……背對貓街？」小耗用力吸了一口氣，因為以他在陰界打滾多年的經驗，他知道背對貓街，是多麼危險的一件事。

貓咪的速度極快，攻擊力強橫，一旦背對貓街，就等於放棄所有的武裝，一不小心，貓咪就會從背後把你的頭顱叼走！

「對，而且感受到貓咪靠近，還不准提升道行。」琴篤定的說，「懂嗎？」

「琴姊！」大耗和小耗同時慘叫。「那很危險，一旦背對貓街，我們就只能靠道行來感受背後的攻擊了欸。」

「不聽嗎？」琴單手扠腰，比著遠方，「那你們回去吧。」

「嗯……」大耗和小耗互望了一眼，只見小耗先是嘆了一口氣，然後屁股一蹬，坐了下來。「我信任琴姊。」

「我也是。」大耗也跟著坐下。「頂多就是背後被貓群攻擊，少了頭顱和身體而已，不怕。」

「謝謝。」琴低聲說，然後也坐下。

三個人，一起背對著後頭正冒著滾滾蒸氣的大鍋，也一起背對著無論是魂魄或陰獸都視為極凶之地的「貓街」。

「陰界雖然可怕，但其實也滿好玩的。」琴雙手抱膝，與小耗大耗並肩坐在地上，露出微笑。「因為魂魄的願望會透過技的方式實現，某方面來說，這裡比陽世更能盡情展現自我。」

「是啊。」小耗點頭。「那琴姊，妳的願望是什麼？」

「其實我的願望最近才慢慢確認。」琴目光看著天空，「易主時刻快到了，天下大亂，我希望能快點結束這場亂局。」

「嗯。」

而就在他們有一句沒一句閒聊之際，琴聽到背後傳來了細微的聲音。

貓來了嗎？

她沒有動，反而異常的放鬆。

也因為琴的放鬆，更讓坐在她左右兩邊的大耗小耗同樣放鬆不少。

背後，貓咪的腳步聲越來越多了，還不時傳來鍋子裡的食物被啃食的聲音。

三分鐘，五分鐘，時間一點一滴慢慢的過去，貓咪的腳步聲持續增加，而啃食的聲音也持續增加，就在此時……

忽然，小耗身體一動，殺氣陡升，直覺的，他想要回身護住琴。

「別緊張。」但，琴握住小耗的手。「牠，沒有惡意。」

同時，那個讓小耗全身緊繃的角色出現了，牠是一隻老貓，還是一隻擁有白鬍的老貓。

「日本短尾貓？」琴看著這隻曾參與鼠窟戰役的貓街第一大將，牠踱著腳步，慢慢來到琴的身邊，然後走到了琴的面前。

牠巨大的身軀，比琴還要大上好幾倍，只見牠的臉湊到了琴的面前，用鼻子輕輕嗅著琴。

「琴姊……」此刻，小耗和大耗全身緊繃，他們知道這隻短尾貓的厲害，縱使牠經歷了鼠窟的戰役，重傷未癒，但此刻與琴的距離實在太近，近到牠一口就可以咬掉琴的頭顱。

「沒關係的。」琴搖了搖頭，與眼前這隻高雅而神秘的短尾貓對看，然後，琴露出歉疚的笑容。

「貓咪，對不起，為了我們一個清除鼠窟的慾望，讓你們死傷慘重。」琴溫柔的說。「對不起。」

「喵。」日本短尾貓看著琴，輕輕的喵了一聲。

「這一鍋湯，也許不代表什麼……」琴輕聲說，「但請你們以後，不要不信任人類魂魄，好嗎？」

「喵。」日本短尾貓眼睛瞇起，側著頭看著琴，彷佛見到了什麼奇怪的物體。

「不要不信任人類，好嗎？」

「喵。」忽然，這隻日本短尾貓躍起，就在大耗和小耗大驚，想要抓起武器保護琴之時，日本短尾貓已經躍過了琴，躍過了眾人，躍回了貓街。

「呼，好難喔。」琴坐倒在地上，雙手打開，「牠好像還是不相信我們。」

這個毛線球，到底又代表什麼意思？

而就在此刻，琴像是感應到了什麼，抬起頭，凝視著貓街。

貓街中，三隻貓，三綹長長的白鬍鬚隨風飄蕩，牠們正看著琴。

右邊是擁有神秘杏眼的暹羅貓，左邊的是粗壯的緬因貓，中間則是剛剛叼來毛線球的日本短尾貓。

琴忍不住揉了揉眼睛，因為她發現自己看見了第四隻貓，這隻貓的體型很小，沒有陰界貓咪這種宛如汽車般的體型，牠很小，小到像是陽世野貓。

但是牠站的位置很獨特，牠站在日本短尾貓的前方，也就是三隻白鬍貓的前方。這是領袖的位置。

牠是誰？牠的地位竟然還在三隻白鬍貓之上？

然後，琴才一個眨眼，小貓就突然消失了，剩餘的三隻白鬍貓，對琴微微頷首，似乎在致意，然後就一齊轉身，連同數以百計的貓群，一起消失在深邃的貓街之中了。

遠處，三個人影正站在高處，迎著風，凝視著貓街。

這三個人影，一個高大壯碩如鐵塔，一個嬌小如孩童；還有一個身材窈窕，光從剪影就可以猜測出此人是絕色美女。

「願賭服輸。」那嬌小的孩童，衣著破爛如乞丐，伸出雙手，對著壯漢和美女。「交出來，交出來。」

只見那美女冷哼一聲，纖纖細手拿了一個東西，扔給了那個乞丐孩童。

「給你，赤蠍丹，別不小心吃進肚子裡面啊。」女子冷冷的說，「吃下肚，可沒人能救你。」

「這個，我會用在我想毒死的人身上。」乞丐男童笑。「妳就別擔心我了，鈴。」

鈴？這個美麗的身影，是鈴？是人稱最毒女人心的鈴星，鈴。

「給你。」另一個壯漢從口袋中，拿出一塊閃爍著暗黑光芒的板子，扔給了乞丐男孩。

「十二大陰獸之燭龍的鱗片。」乞丐男童笑，「太好了，這東西連甲等星都要打好幾次才會破，對救命很有幫助，謝啦，天鉞星，獨飲。」

獨飲？這男人就是曾與破軍星死戰三百回合，才終於落敗的強悍甲等星，獨飲？

「你該想想怎麼打敗敵人，而不是老想著逃命，或是抵擋別人的攻擊。」壯漢冷冷的說。

「這你就甭擔心啦，躲藏可是我的技。」乞丐男孩比著自己，「別忘了，我可是擁有甲等星格的祿存星，人稱『閻王易與，小鬼難纏』的小鬼哩。」

「哼，不過就是那女人好狗運，活著從鼠窟出來，」鈴搖頭，「小鬼，你有什麼好得意的。」

「話不能這樣說，她可是召喚了天雷。」小鬼得意洋洋，「最後的微生鼠，就是被天雷給電焦的。」

「你說微生鼠死了嗎？」獨飲搖頭，「我看牠最後應該逃出來了。」

「是嗎？」小鬼一愣，獨飲的道行最高，他的確發現其他人無法察覺的異象。「微生鼠沒死？」

「不過身受重傷，應該趕回牠主人身邊了吧。」獨飲冷冷的說，「但微生鼠又有什麼好怕？十二陰獸中排行最末，不足為懼。」

「不盡然，鼠窟裡面還有我們三個黑幫十傑的老友，他們也讓微生鼠給跑了。」小鬼嘿嘿一笑。「事實證明，微生鼠不是那麼好對付的。」

「哼，那三個老友還真是退步了，尤其是莫言，只顧偷東西真的完全沒長進，算了，不管那隻小老鼠了，但……」獨飲眼睛瞇起，「這女孩的確可能是武曲。」

「喔？因為她打出了天雷嗎？」

「不。」獨飲單邊嘴角揚起。「因為她剛剛，竟然背對了群貓。」

「喔？」

「剛剛才害貓群死傷慘重，下一刻，竟然有膽識背對貓群，把自己的背心要害全部顯出來。」獨飲聲音中，竟隱隱有佩服之意。「會幹這種瘋狂事的，非武曲莫屬啊。」

「對啊，我就說，武曲真的回來了。」小鬼笑得好開心。

「是啊，能引出天雷，又帶回了武曲的個性。」獨飲慢慢的說，「看樣子，這傢伙真的可能把政府弄到天翻地覆啊！」

「沒錯……」小鬼正要接話，就在同時，鈴卻開口了。

「我才不認同。」鈴咬牙切齒的說。

「鈴？」

「她就算是武曲轉世又怎麼樣？」鈴右拳緊握，黑濃的毒氣泛開。「我要讓妳知道，失去了二十九年的歲月後，陰界已經不一樣了，我要讓妳知道陰界的可怕！」

「鈴……」小鬼側著頭，看著鈴。

「幹嘛？」

「妳真的很痛恨武曲的不告而別，對不對？」小鬼眼睛瞇起。

「放屁。」鈴手一翻，等級逼近十二大陰獸的超毒陰獸「蟾蜍母」再度現身，舌頭直指小鬼。

「好啦好啦，我不說了不說了，就說打不過妳了。」小鬼雙手在臉上揮舞，「不過武曲要怎麼樣才能讓妳認同呢？」

「我不可能認同她的。」

「可是，妳不想念那個三大黑幫的歲月嗎？」小鬼笑，「還有我們黑幫十傑互相戰鬥，又互相幫忙的日子？」

「我……」這一秒鐘，鈴遲疑了。

她想念嗎？

她當然想念，因為那個歲月裡，有破軍、有哥哥鬥王，還有武曲，那是一段好痛快的歲月，但這些歲月，都因為武曲的離開而終結了。

「好啦，你們別鬥嘴了。」獨飲這時說話了，「我們該回去了。」

「嗯。」

「就讓我們拭目以待，這個弱小的武曲轉世，會替陰界帶來什麼樣的波瀾吧！」

「是啊，」小鬼雙手扠腰，迎著風的他，渾身散發著無懼於天下的狂氣。「來看看武曲轉世，會帶來什麼波瀾吧。」

「哼。」鈴沒講話，但沉默的她，眼神卻不自覺的散發出對過去那段歲月的嚮往，與對未來的期待光芒。

期待著，能重現三大黑幫與政府抗衡時，那痛快的歲月！

數分鐘後，琴回到了快餐車，並把那個毛線球給眾人看。

「琴姊！妳說，妳剛剛帶著大耗小耗去了貓街？」小才聽完，下巴差點沒掉下來，「妳知道……貓街有多可怕嗎？裡面的群貓就算受了重傷，依然是陰魂與陰獸的禁地啊！」

「是嗎？」琴笑了笑，「我覺得還好啊，而且日本短尾貓還給了我一樣奇怪——」

「日本短尾貓？那隻最厲害的白鬍貓？」小才的下巴繼續往下掉，已經掉到了胸口。

「妳、妳還遇到牠？我們害牠折損了這麼多手下……」

「對啊，重點是牠還來到我面前，給了我——」

「牠還到妳面前？」小才的下巴已經掉到了肚子。「妳、妳還好嗎？頭有被咬掉嗎？還是身體缺了什麼？」

「還好啦，我還背對著牠，而且……」琴繼續說著話，「牠還給了我──」

「背對著牠！背對著牠！」小才的下巴，已經快掉到膝蓋了。「妳找死嗎？天啊，琴姊，妳還沒找回道行欸！這世界上竟然有人敢背對貓街！」

「可是，小才，聽我說──」

「沒有可是！」小才大叫，下巴已經快要碰到了地板，「琴姊妳不知道自己身負多重大的使命！妳不知道──」

「小，才，聽，我，說，啊！」琴大喊，雙手往前一伸，同時左手竟然爆發電光，右手閃現雷光，一股電能在琴的雙手合一，化成黃白色的雷箭，在她手臂上快速凝聚。

「琴姊，妳是認真的嗎？」小才見狀，急忙攤開右手手掌，一柄小斧在掌心高速迴旋。

「怎麼可能是認真的，我不知道它是怎麼出來的！」琴大叫，手上的雷箭，咻的一聲，已經射出。

「啊。」小才小斧急旋，剛好擋在雷箭之前，轟然一聲，雷箭射中了小才的斧頭，電光炸開，將小才與斧頭一起往後轟去。

這一秒，小才雙腳被轟離了地面，直接撞出了快餐車。

「琴姊！」小才畢竟是危險等級高達五的高手，他在空中連轉三圈，然後毫髮無傷的落地。

只是一落地，第二道雷箭又來了。

「琴姊，妳是……」小才小斧再度出擊，放在側臉之處，只見雷箭撞上臉邊，然後行徑方向折開，射向了天際。

此時，小才終於看清楚了琴的狀況，她的確不是故意的，因為她手臂上的雷箭，正一發接著一發，毫無目的、毫無章法的亂射。

雷箭的力量雖然不如天雷的千分之一，也是武曲道行的結晶，被射中者無不炸開粉碎，轉眼間，琴的周圍，包括快餐車已經被她摧毀得一塌糊塗。

而聽到雷箭造成的喧鬧，所有的人都趕來了。

「這是怎麼回事？」冷山饌老臉詫異。

「失控了嘿。」莫言皺眉，「剛剛發生了什麼事？妳這笨女孩吃錯藥了嗎？」

「我，」琴努力想要壓抑手臂不斷湧現的瘋狂電能，卻完全無計可施，「我，不知道，我剛剛，只是想要稍微，阻止小才說話……」

「然後妳就毀了快餐車？」冷山饌嘆氣。

「不是，不是，是我無法控制自己啊。」琴的道行化成接連不斷的雷箭，仍在四射，快餐車早就已經毀了，幸好周圍的人個個身負絕世道行，不成熟的雷箭傷不了他們。

「莫言，」這時，寡言的小傑往前踏了一步，「我們合作。」

「嗯。」莫言一笑，「合作吧，雖然我們任何一個人都可以解決這狀況，但合作才不會傷到這笨女孩。」

「嗯。」小傑右手一翻，凜冽黑光閃爍，正是地劫星最強武器，黑刀。「動手。」

「動手嘿。」莫言笑了，「出來吧，收納袋。」

收納袋現身。

就在一瞬間，一切彷彿進入了慢動作，琴手臂上不斷激射出的雷箭，數十根電光石火的雷箭，都不見了。

取而代之的，是數十個飄落的收納袋。

所有的收納袋之中，都是一道閃爍烈光的雷箭，左衝右突，卻完全破不了收納袋的結界。

「漂亮，莫言。」小傑一笑，往前踏去，這一剎那，從琴身邊暴射而出的雷箭都被收納袋給收住，表示莫言已經替小傑清理出一個空間。

一個能讓黑刀之主小傑，輕易踏入的空間，完全顯露出來了。

只是眨眼，小傑就來到琴的面前，他微微露出歉意的笑容。「琴姊，得罪。」

「啊？」琴一愣，然後後頸一震，她，就失去了意識。

意識一失，瘋狂射出的雷箭，終於暫時止歇。

琴暈去，雷箭停，遺留在現場的，是一台殘破的快餐車，還有唉聲嘆氣、愁眉苦臉的快餐車主人，冷山饌。

祿存星・小鬼

危險等級：5。
外型：約莫十幾歲，身穿破爛的乞丐服裝。
星格：甲等星。
能力：鬼隱。

小鬼能完全消除氣息，將身體藏入類似亞空間的區域，然後透過偷襲的手法攻擊敵人，曾經是黑幫十傑之一，能力尚未完全解開，但肯定是一名棘手人物。

對武曲有一份幾乎崇拜的歉疚，不知道當年的三大黑幫時期，曾經發生了什麼事？

琴被小傑一擊給擊暈，不知道過了多久，她的意識終於漸漸凝聚，耳邊的聲音，正慢慢的飄入她的耳中。

「以現在琴姊的道行，被黑刀擊中，至少要昏迷二十四小時。」那聲音聽起來好模糊，琴發現自己無法分辨是誰在說話，只能隱約分辨其中的意思。「所以，她現在應該還在昏睡。」

「她還在昏迷，沒錯，那我要你辦的事情呢？」

「不夜燈我放了，但出了些差錯。」

「差錯？」

「是的，不夜燈乃是穿越之物，可以溝通不同空間，卻有人誤闖進來。」

「誤闖？」對方沉吟。「你是說，別人也透過不夜燈進行穿越，但因為穿越錯誤，而來到了快餐車裡面？」

「是的。」

「不太對，這不夜燈雖然每個鬼卒都有，但真正的使用功能，不但被隱藏，更直接被封印起來了，怎麼會有人也會使用？」對方沉聲疑惑。

「是啊，他們一共有四個人，怎麼會誤闖，我也不清楚。」

「現在的不夜燈都是複製品，能力有限，要闖入別人的通道，根本不可能，所以那恐怕不是誤闖！」對方語氣肯定，「是故意的。」

「故意的？但那四個人之中，除了一個鬼盜橫財算是個人物以外，道行都不成氣候，只是橫財不太像是精通此術的人啊。」

「這表示還有其他高手介入。」對方沉吟了幾秒，「竟然可以介入不夜燈的通道，這人道行很高啊。」

「干擾不夜燈的通道？這未免也太不可思議……」

「當然有可能，如果那個人又剛好是『真正的不夜燈』的主人，可能性又更高了。」

「真正的不夜燈的主人，難道您是說，是十四主星中的……」

「嗯。」對方吸了一口氣，「只是他為何要干擾不夜燈的通道，我就不太懂了，難道，他想讓武曲……和誰見面嗎？」

「嗯，我也不懂，但為了阻止那個神秘的高手，我被迫找人將原本不夜燈的主人給殺掉。」

「你殺了原本不夜燈的主人？你也是狠角色啊。」

「沒辦法，這是最快的手法了。」

「也是，原本我們的計謀是把不夜燈放在武曲的身邊，可以隨時透過通道，對她進行追捕或是刺殺，既然這招被發現了，」對方聲音帶著陰冷的笑，「我們得想其他的辦法了。」

「是。」

「你就繼續扮演好你的角色。」對方慢慢的說著，「待在武曲的身邊，一定要找到那秘密，那秘密太重要了，武曲帶著它藏了二十九年，如今回來，代表秘密終於又要被揭開了。」

「是。」

「另外，要小心。」那人的聲音正在隱沒，「武曲若真的慢慢找回了道行，恐怕不到二十四小時就會醒來了。」

「真的嗎？」

「記住，無論如何，都不能掉以輕心啊。」對方冷冷的笑著，「因為她是武曲，記住，她可是武曲啊。」

記住，她可是武曲啊。

說完，兩人的對話停了，聲音隱去，徒留下躺在床上，手腳仍不能動，只剩下模糊聽覺和視覺的琴。

她凝視著幽暗的天花板，滿心不解。

「不夜燈？穿越？秘密？」琴心裡浮現了好多納悶的問號，「這個陰界，到底是怎麼回事啊？還有……」

琴內心深處最大的疑惑，還是那個讓武曲的記憶風鈴，搖曳出如此懷念旋律的男孩聲音。

他是誰？

又是誰介入了不夜燈的穿越，要讓武曲和他見面呢？

想著想著，琴感到一陣睏意湧上心頭，她再度回到了夢鄉，而這次，她夢到了她的學妹，許久不見的學妹，小靜。

陽世，這裡是歌唱比賽現場。

此刻的小靜，正站在歌唱比賽的舞台上，三十秒前，她才剛和她的夥伴蓉蓉合唱了一首歌，〈玫瑰玫瑰我愛你〉。

她和蓉蓉兩人並肩站在舞台上，等待著評審宣布她們的分數，以及宣布她們是否有機會超越自己，挺進二十強。

「很有趣。」眼前的評審共有五人，現在開口的是強哥，他留著滿嘴鬍子，外表雖然粗獷，卻是超過三十年經驗的老音樂人。「妳們怎麼會選這首歌？」

「嗯……」小靜和蓉蓉互望了一眼，兩人尚未回答，只聽到強哥又繼續說了。

「這首歌，是陳歌辛老師和吳村老師的作品，代表著民國初年上海光華亮麗外表下，慵懶且帶著哀愁的情調。」強哥一開口，就是一段精彩的音樂歷史，「但妳們兩個人，不過二十出頭的年紀，就挑戰這樣的老歌，很有趣。」

「嗯。」小靜和蓉蓉一起點頭。

「不過，真正讓我們好奇的是，妳們選這首歌的理由？」強哥和兩旁的評審互看了一眼，

「這首歌低沉沙啞，的確是蓉蓉的歌路，但小靜妳的歌聲高亢純淨，和這首歌那種迷離的風情，完全不搭，妳為何要選這首歌？」

小靜未搞懂評審問話的內容，強哥接著又講了。

「難不成，妳並不想要唱這首歌曲？而是被蓉蓉強迫的嗎？」

被蓉蓉強迫的嗎？

這一秒鐘，所有人都靜默下來。

因為所有人都懂這句話的意思，這場歌唱比賽的過程裡，雖然每個人同是經歷辛苦的夥伴，但也都是必須分出高下的對手，小靜若有心，的確可以陷蓉蓉於不義。

而評審公然提出這件事，更是不懷好意的挑釁小靜和蓉蓉的關係，只要小靜承認了，蓉蓉自此就成為眾矢之的，可以說是半退出這場比賽了。

這等於給了小靜一把復仇之劍，若她真是受到蓉蓉脅迫，那她可以在數萬名觀眾面前，當場了結這個可怕的對手。

但小靜聽到這話，沒有立刻回答，反而慢慢抬起頭，看向了評審的眼睛。

她定定的直視著強哥眼睛，這也是向來害羞的她，第一次直視評審眼睛。

「強哥老師，」小靜慢慢的說著，「不是。」

「不是？」強哥無懼於小靜的眼神，帶著笑回望她。「不是妳選的？還是不是被脅迫的？」

「當然，不是被脅迫的。」小靜的聲音中沒有半點遲疑，反而分外穩定，字字句句鏗鏘有力。「會選這首歌，是因為，這是我第一次和蓉蓉合作所唱的歌。」

「第一次合作？」強哥眼中閃爍著興趣，繼續追問。

「她帶我到她熟悉的Pub駐唱，第一次上台，她挑了這首歌，她唱上半段，我唱下半段，這是我們第一次合唱。」小靜語氣悠揚，嘴角揚起，彷彿在回憶著一段美好的經驗。「我記得她唱得好棒好棒，而我只能極盡所能的跟上。但就是那一晚，我確信了一件事，遇見蓉蓉，是我這次歌唱比賽中，最美好的一件事。」

「第一次合唱，在她熟悉的Pub裡，她唱上半段，妳唱下半段？」強哥眼神眯起，那是識破一切的老狐狸神情。「結果呢？妳跟上了嗎？小靜。」

「我……」小靜正要回答，一旁的蓉蓉卻已經開口了。

「她跟上了，不只如此……」蓉蓉輕聲的說，「她甚至讓我看見了，這首歌的另一種可能。」

這首歌的，另一種可能嗎？

「喔。」強哥聽到這，藏在鬍子下方的嘴角揚起，「那我懂了，既然這樣，我要宣布妳們的分數了，準備好了嗎？」

「嗯。」小靜閉上了眼。

她忽然感覺到，自己的手心一陣溫暖，那是蓉蓉的手心，堅定且包容的溫度。

更是帶著小靜走出琴學姊過世時，最堅定也最包容的溫度。

「按照規定，五位評審，總和二十五分，而通過這關的基本分數是十七分。另外，雖然是合唱賽……」主持人快速強調了一下比賽規則，「兩位選手是分開計分的，現在，我們先宣布蓉蓉的分數！」

小靜可以感覺到蓉蓉的手心，因為緊張而捏緊。

「四分，四分，四分，四分，」主持人唸著分數，「最後一個五分是強哥給的，總共二十一分，好一個二十一分，恭喜蓉蓉過關。」

小靜感覺到蓉蓉的手心微微一鬆，似乎慶幸著自己過關，但隨即又捏緊，因為接下來換小靜了。

她發現自己的心跳，也開始不聽話的加速了。

「小靜挑戰自己不熟悉的歌路，雖然有蓉蓉的強勢護航，能過關嗎？」主持人看著每個評審的分數，高聲唸道。「三分，三分，三分……」

三個三分？加起來不過九分？這一剎那，小靜內心微微一沉，這表示她後面兩個評審必須拿到八分，那幾乎不可能啊！

小靜的手鬆了，她有點累，這趟漫長的夢想之旅，這裡就是終點了嗎？

而就在這時，主持人的聲音卻猛然拉高。

「喔喔喔，在連續三個三分之後，第四個人是強哥，他給了五分！」主持人語調高亢，「最後一位評審呢？人稱唱片界冷面女王的鐵姑呢？」

鐵姑？這個資歷和強哥足以抗衡，同時也是好幾張暢銷唱片的歌手，向來嚴酷的她，會給小靜幾分呢？

「我的天，怪事發生了。」主持人的語調從高亢，陡然變得低沉，而這份低沉來自於無法理解的困惑。「鐵姑也給了……五分？」

三個三分，兩個五分，組出十九分的高分，小靜一口氣跨過通關門檻，更避免落入失敗區的命運。

「等等，為什麼！」主持人急忙伸手，「強哥、鐵姑，你們可以解釋一下嗎？為什麼這組的分數差異會這麼大？」

「呵，我可以先解釋蓉蓉，為什麼我給她五分。」強哥拿起麥克風，微微一笑。

「為什麼？」

「論實力，她應該沒有到達完美的五分，但我發現她竟然在這首歌裡面，突破了自己的極限，坦白說，一路比賽到現在，這是我聽過妳唱得最好聽的一次，或許受了什麼很好的刺激也不一定，哈。」

聽到刺激兩個字，蓉蓉臉一紅，朝著小靜看去，她發現小靜也在對她微笑。

「那小靜呢？」主持人追問。「為什麼其他人給三分，唯獨你和鐵姑給了這麼高分？」

「呵，你真要問？」強哥拿著麥克風，露出高深莫測的微笑。

「當然。」

「若論歌聲的完整度，小靜的確不到五分，甚至連四分都有困難。」強哥笑，「但我會給她五分，是因為我認為，她應該繼續唱下去，她夠資格。」

「她夠資格？」主持人一愣，這一秒鐘懂了。

會給五分，是強哥想要出手保住小靜，難道小靜擁有讓這老音樂人震撼的力量嗎？

「只是我沒想到，這裡識貨的人，原來不只我啊？」強哥把眼神移向鐵姑，美豔冷酷的鐵姑，臉上則閃過一抹不易察覺的異樣。「早知如此，妳就先和我講一聲，我們各給四分就好，不用這麼拚給到五分了啊，哈哈。」

聽到強哥這樣說，鐵姑沒有立刻回答，只是看著小靜。

然後她慢慢拿起麥克風，維持她一貫寡言的風格，只講了短短的幾句話。

「小女孩，我有一句話要對妳說。」

「嗯。」

「妳的歌聲可能是海。」鐵姑說話和唱歌一樣優美動聽。「而我很期待，當海嘯來臨的那一剎那。」

海嘯？

小靜想要繼續問，但礙於時間限制，很快的下一個挑戰者上台，比賽又繼續下去，這小小的插曲，雖然造成瞬間收視率的微幅上升，但隨即就被更強的歌手、節目上更多高潮掩蓋，被遺忘了。

陰界，琴的夢醒了。

然後她喃喃自語著，「管她什麼不夜燈，什麼秘密，什麼有人要偷偷行刺我……」

琴說到這裡，嘴角揚起一個充滿期待的弧線。

「下次，我想去聽小靜的音樂比賽，」琴閉上眼，「還是要讓學妹知道一下，學姊就算是變成了鬼，還是很守信用的！」

第三章・破軍

3.1 ——生死之戰

這裡是陽世，也是醫院。

一陣急促的腳步聲從遠處傳來，到了一個地方才停住。

另一陣急促的腳步聲也從遠處傳來，又在同一個地方停住。

然後，又一陣急促的腳步聲來了，又停在同一個地方。

仔細聽，可以發現正有連續不斷的四五個腳步聲，從四面八方傳來，然後全部集中到同一個地方。

那個地方，是一張病床。

病床上，躺著一名女子，而女子身邊的心電圖，已經從原本一秒鐘七十餘下的震盪，拉成了水平線。

該死的水平線！

於是，所有的腳步聲停在這裡，他們拉來各種緊急醫療的儀器，開始了一個名為「搶救生命」的儀式。

這個儀式常常會失敗，就算成功也不知道能支撐多久，但這群人向來會奮戰到底，這早就不是使命感的問題，這已經是本能，一種與死神戰到最後一刻的本能。

在不斷搶救的人影中，一個掛在病床邊的字若隱若現。

那個字是這樣寫的：茜。

同樣的場景，同樣腳步聲集中的位置，只是這裡沒有陽世醫生的努力奮鬥，更沒有與死神搶時間的驚險，這裡是陰界。

這裡，沒有醫生、沒有護士，只有一群陰魂，他們正凝視著病床上，那個早產且垂死的陰魂。

「現在小茜、忍耐人，和小曦命運連成一線，只要小茜一死，忍耐人肯定悲憤而死，星穴相連的小曦也一定會被拖累。」阿歲拿下帽子，抓著凌亂的頭髮。「怎麼辦？若是找不到救命的寶物，小曦這小女孩一死，老闆娘啊，妳這些年的等待恐怕落空了啊。」

「嗯。」老闆娘只是沉默，「若真是如此，也是命啊，星穴之術註定要成為陰界失傳絕技之一。」

「不只是小曦，」柏握拳，「我也不容許忍耐人就這樣死掉！我們那五千拳的戰鬥還沒結束，我們還沒有分出勝負啊！」

「那該怎麼辦？」

在所有人嘆息之際，柏卻將目光移向了橫財，準備說出心中的打算。

「橫財，你守在隔壁的病房，所等待的東西……」

柏的話尚未說完，橫財就笑了，充滿殺氣的笑了。

「我就知道，那東西，遲早會被想到的啊……」橫財臉上的殺氣隨著笑容，越來越濃烈。

「不過，向來只有我鬼盜搶人東西，誰敢搶我的東西，不管你是誰，我都只有三個字，殺無赦！」

殺無赦！

這句殺無赦一出口，強大的殺氣快速蔓延整間病房，令所有人都感到呼吸一窒。

只是，就在柏與橫財對峙之時，隔壁的病房卻傳來一聲異響。

怦。

「這是什麼？」老闆娘抬頭。

怦怦。

「像是心跳聲？」阿歲側頭，傾聽隔壁病房的聲音。

怦怦怦。

「為什麼會有這麼大的心跳聲？」柏仰頭，「難道……」

怦怦怦怦。

「是無情心要出土了！」柏興奮的往隔壁病房奔去，但他才奔了兩步，忽然周圍的風流動加速，是一股不祥又危險的風。

柏緊急停步，一個拳頭就這樣從上而下，擦過他的鼻頭，落入了地板中，順勢轟出一個巨大的洞。

然後，拳頭的主人露出冷冷的獰笑。

「我說過，」橫財，正是拳頭的主人，「從來沒有人，敢搶我橫財的東西。」

「橫財，你……」柏退了一步。此刻的橫財，全身兇狠的道行湧現，宛如一頭在黑暗穴洞中，面露凶光，蓄勢待發的巨獸。

「無情心，是老子的。」橫財殺氣畢露，「而且，我沒打算去救一個要死不活的新魂。」

「你不拿出無情心，這可是事關三條陰魂的命。」柏穩住身形，力抗橫財猛烈的殺氣。

「難不成，你真的要打？」

這一刻，阿歲、柏與老闆娘圍住了橫財，兩股勢力狠狠對峙。

「咯咯咯，」身材巨大的橫財，睥睨著三人，「你以為你們三個聯手，會是我的對手嗎？」

柏、阿歲與老闆娘，雙目緊緊瞪著橫財，他們的背心都微微滲出了汗。

橫財說得沒錯，他們三個人，一個專注醫術、一個操縱蚊子、一個則是剛剛才初次踏入道行世界的新魂，他們三個，要與黑白兩道都懼怕、成名數十年的鬼盜打架？當真是死路一條。

但是，他們能不打嗎？

「當然不。」柏第一個動手，他躍起身，手上的風快速流動，真空斬成形。「不過，我們還是得打。」

「對，雖然不敵，但，得打。」阿歲再次喚出母蚊，母蚊一現身，成千上萬的公蚊跟著出現，嗡然巨響，衝向了橫財。

「愚蠢嚕。」面對柏的真空斬，橫財咧嘴笑，「這種不成熟的真空斬，攻擊力弱得可憐的蚊子，老子已經知道你們的招數了，還有個屁用嚕？」

「看我的真空斬！」柏用力一揮，真空斬飛騰而出，但只花了一秒，戰役就結束了。

因為，橫財單手抓住真空斬，用力一捏，真空斬登時被他強大的握力給粉碎。

「換我，看我的蚊子！」阿歲怒吼，母蚊嗡然一聲，成千上萬的公蚊化成一大片心狠手辣的黑霧，湧向了橫財。

「花俏有餘，但攻擊力不足嚕。」橫財笑著，完全不躲避蜂擁而來的蚊子，直接伸手進入蚊群。

阿歲發現，橫財的手，竟然直接穿過蚊群，朝自己的臉抓來。

橫財粗大的手臂上，停滿了蚊子，無數公蚊尖銳的喙，紛紛往上微微一提，然後朝著肌膚猛力一刺。

刺，卻完全刺不進去，蚊子的喙竟像是碰到鋼鐵一般，應聲彎裂。

千百隻蚊子，千百次瘋狂的猛刺，卻沒有一次能貫穿橫財的皮膚。

蚊子攻擊無用，阿歲驚急要退，但隨即喉嚨一緊，已經被橫財抓住喉嚨給提了起來。

而一旁的柏見狀，大吼一聲，雙手同時出現真空斬。

「就說沒屁用嚕。」柏雙手往前一揮，兩道真空斬殺向橫財。

但見橫財肥壯的身體卻異常靈活，輕輕一扭肥屁股，竟然從兩道真空斬的縫隙中鑽過。

「可惡！」柏的喉嚨也跟著一緊，被橫財提了上來。

只見橫財一手一個，像是抓小雞般，抓在手上，只要他的大手微微用力，柏與阿歲馬上會喉嚨破開，脖子折斷。兩人從此陪著小曦、忍耐人與小茜一起作伴踏上陰陽路。

「還有我呢。」老闆娘一喝，右手捏出劍指，對準著橫財身體的星穴，戳了下去。

「息神星嚕？」橫財獰笑，動也不動，就這樣承受了老闆娘的一指。

「你？」老闆娘感覺手上的觸感，內心一驚，因為她最引以為傲的星穴攻擊，竟然被這橫財全身層層疊疊的肥肉給阻擋，雖然刺中了，但力量就是貫不下去。

貫不下去，就傷不了這個粗莽的高手，橫財。

「還是乖乖的當妳的小護士吧！」橫財大笑，肚子一挺，僅靠著肚子肥肉的反震力，就將老闆娘的手指指骨折斷，餘力未盡，更將老闆娘往後震到了牆壁上，「別學人家打打殺殺嚕！」

曾經，老闆娘憑一隻手指，就破解小曦多種攻擊，如今竟然也被橫財一招擊潰。

「差太多嚕！差太多嚕！」橫財狂笑，「我就先殺了一個，然後押著這個手上有絲帶的小子，去找寶物吧！」

「可惡！」柏與阿歲被橫財抓懸在空中，拚命掙扎著，卻一點辦法也沒有。

「小子，你畢竟不是破軍。」橫財把臉湊向了柏，嘿嘿的笑著，「破軍當年何等強悍！何等心狠手辣！何等殘忍好殺！你只是有點真空斬天分的小魂魄嚕！」

「可惡，可惡啊！」柏被橫財抓在手上，他感到憤怒，同時更感到深深的絕望。

破軍，當年究竟是什麼樣子？竟讓那個毒殺人毫不留情的鈴、斬殺如狂的獨飲、詭計多端的小鬼，甚至是眼前這個狂氣十足的橫財，都不約而同露出揉合了讚嘆與畏懼的神情。

當年的破軍，到底是什麼樣子？

「我知道的破軍，不只殘忍，更是瘋狂，」橫財咧嘴狂笑，「尤其是入魔以後，更加瘋狂。但越是瘋狂越是強悍，尤其是他單挑太陽星之戰，更是陰界傳奇。」

「單挑太陽星？」柏喃喃自語，忽然間，他感到心念微微一動。

一股奇妙的感覺湧上心頭，是的，當年，破軍曾經挑戰過太陽星。

一個被喻為陰界最強者，危險等級十的怪物。

「那可真是傳奇，據說，破軍身穿一身血紅戰甲，手提飄著紅絲帶的殺人戰矛，隻身走進了僧幫大門。僧幫高手如雲，卻沒有一個人擋得住他，直到他走到僧幫的內殿。」橫財慢慢的說著，「那裡，一個人正在等他。」

隨著橫財口中敘述，柏感到一股奇異的感覺充斥著他的內心，更奇妙的是，僧幫內殿的模樣，竟然清楚浮現在他的腦海。

沒有金碧輝煌、沒有豪華裝飾，充滿歲月痕跡的古樸建築中，一個身穿素色僧衣的男人，正閉目盤腿而坐。

「僧幫之主，太陽星，地藏。」說起了破軍這個暴力的傳說，同樣暴力的橫財，話不禁多了起來，「然後兩人狠狠的打了一場。」

柏的內心的畫面，緊緊追隨著橫財的回憶，彷彿暫時忘記了另一間病房內即將出土的寶物無情心，暫時忘記了小曦、忍耐人和小茜三人的生死交關；然後，再次回到了那個古樸建築中，再次回到太陽星地藏面前，回到這個陰界最強者的面前。

那次，真是破軍生平數一數二的生死之戰。

僧幫總部，古樸內殿之中。

先出招的，是破軍。

兩軍對峙，先出招的，向來就是破軍。

破軍討厭被動，就算知道危險，就算知道眼前的男人強到驚天動地，破軍也要掌握先機。

「真空斬。」破軍躍起，手上的長矛，由上而下，揮出了一道弧線。

這弧線與柏的真空斬有幾分類似，體積也相差不大，但其中的銳利度、速度，以及破壞力，絕對無法同日而語。

破軍的真空斬，可以一擊斬斷一艘大船，一擊奪下百名魂魄的頭顱。

這個名為地藏的男人，微微抬頭，看著破軍的真空斬，蒼老的臉，露出淡淡的笑容。

「這招好。」地藏伸出手，手一翻，捏出了一個美妙的手指訣。

然後真空斬到了。

嘶。

破軍眉頭皺起，因為真空斬竟然消失了。

消失在這個地藏的指訣之中。

「不愧是被喻為陰界最強防禦的太陽星。」破軍冷笑，「真空斬無用。如果換一招呢？」

說完，破軍用力一握戰矛，紅色戰甲的身軀在空中一個迴旋，一波波不間斷的真空斬同時破空而出。

只是一瞬，超過二十道真空斬已經來到了地藏面前，而且每道真空斬分別從不同的角度攻擊，將地藏全身上下的生路一口氣封盡。

「這招也好。」地藏一笑，雙手各自捏了一個指訣。

一股祥和的金色之氣，以地藏的手指為中心，往旁散開。

所有的真空斬一碰觸這宛如晨曦陽光的金色之氣，竟同時潰散，濃烈飽滿的殺氣，彷彿完全不存在的消失了。

「很好，竟破得這麼輕鬆如意？」破軍昂起頭，右手的青筋暴露，然後一股濃烈的黑色風，在他手心盤旋。「真的很好，如果你不是這麼強的高手，我就沒有親自來這裡的價值。」

地藏看見了破軍的風，再度露出那慈祥的笑。

「這招也好，不過破軍施主的風通體透黑，煞氣太重……」地藏慢慢的說著，「她說，破軍施主的風，原本該是綠——」

「住口，接招吧！」破軍一吼，黑色的風凝聚，凝聚成一枚急速旋轉的黑球。「這招，叫做黑丸。」

黑丸來得又急又猛，沿路所有的物體都被旋入，然後破壞；破壞之後，黑丸再將破壞的碎片吸納其中，讓黑丸的體積越來越大，到地藏面前時，已經是宛如卡車般的大小了。

「這招也好啊。」地藏雙手再度捏出指訣，那修長的手指輕盈又凝重的畫出美麗的姿態，然後，一股金色祥和之氣，再度出現。

金色祥和之氣，遇到了瘋狂破壞的黑丸。

雙方微微僵持了半秒，黑丸前進了。

「是啊，這招真好。」地藏依然微笑，雙手高舉，然後往兩旁慢慢畫了下來。

這秒鐘，破軍揉了揉眼睛，不，地藏不是慢慢的畫下來，而是他的手每畫過一個地方，就出現了一隻手。

當地藏畫完了整個圓，他已經是千手之姿。

拯救眾生、懲罰眾生、疼愛眾生，也毀滅眾生的，千手觀音？

「換我囉。」地藏笑了，「要接好喔。」

換我囉，要接好喔。

這秒鐘，破軍彷彿驚見某種巨大的怪物，他提氣大吼，雙手緊握長矛，所有的風，一口氣集中到了他的面前，然後快速往上堆疊，成一道密度極高、極高、極高的能量風牆。

然後，地藏千隻手一起動了，每隻手都擁有自己的指訣，都擁有自己的姿態，或強硬、或柔美、或虔誠、或憤怒，卻都懷抱著某種犧牲自己拯救萬物的胸懷。

祥和之氣變得刺眼奪目，更以驚人高速往破軍方向擴散。先碰到的，是剛剛破壞一切的黑丸。

碎，黑丸瞬間就碎。

祥和之光仍在高速挺進。

轉眼，來到了破軍架起的風障壁之前。

「天壁。」破軍咬牙，然後他看見，自己的天壁，曾經擋下許多知名高手絕技的天壁，竟然慢慢滲入了一絲又一絲金色、如陽光般的細線。

「施主。」地藏輕輕搖頭。「你這樣是擋不住這招的。」

說完，天壁崩塌。

美麗而燦爛的祥和之氣，瞬間將破軍完全覆滅。

時空，回到現在，柏耳邊傳來橫財的聲音。

「兩人的對決時間很短，實際的狀況沒人親眼見到，但傳言倒是很多。」橫財說，「有人說，破軍的矛是最強的攻擊，而太陽星地藏的千手觀音，卻是最強的防禦，最強的矛遇到最強的盾，到底誰會贏？」

「誰會贏？」柏感到內心震動。

「一個是成名超過九百年的歲月巨人；一個是出道數十年，就已經威震天下的魔星，兩人的對決，彷彿像新舊世代的交會。」橫財閉著眼，「誰贏？誰輸？代表的是陰界全新時代的來臨。」

「那究竟誰贏？」

「不知道嚕。」橫財吐出了一口氣，「真的不知道嚕，但是卻有人看到，當破軍走出了僧幫總部，他手上的矛……」

「手上的矛？」

「都是血。」橫財慢慢的說著，「矛鋒上染滿了鮮血。」

「破軍手上的矛染血了？」柏問。「所以地藏的最強防禦破了？」

「不知道。」橫財嘆氣，「但破軍也沒好到哪裡去嚕。」

「怎麼說？」

「他瞎了。」

「啊？」

「他瞎了，」橫財露出笑，彷彿說著一件令人佩服、又不可思議的傳奇。「而且根據後來醫治他的人說，破軍這雙眼睛，是被真空斬給斬傷的。」

「被真空斬斬傷……」柏訝異，「那不是破軍的絕招嗎？他怎麼會斬傷自己？」

「沒人知道，但那醫生卻是這樣說的……」橫財繼續笑著，「以角度和力道來論，這一刀真空斬，百分之百是破軍自己砍的。」

「啊？」

「一柄染滿鮮血的戰矛，一雙被自己劃傷的雙眼，一場最強矛與盾的衝突，一個新舊世代強者的對決……」橫財嘿嘿的笑著，「你們不覺得，這一切很有趣嗎？破軍這顆主星很有趣嗎？」

「很有趣……嗎？」

「而你這個剛好碰巧學會真空斬的傢伙，怎麼可能會是破軍？」橫財冷冷的笑，「破軍這傢伙入魔之後殺人不眨眼，但你心裡還存在著仁慈之心，就絕對不是他。」

不是破軍？柏閉上眼，手上的絲帶悄悄飄起，而內心的圖像再度形成。

同樣是那古樸的僧幫內殿。

千手觀音突破了天壁，將破軍完全壓制的畫面，再度顯現。

那柄染血的戰矛，那雙被破軍自己劃破的雙眼，又是怎麼一回事呢？

古老的殿堂中，千手觀音現身，破軍的「黑丸」應聲破碎，然後連曾經擋下不少高手攻擊的「天壁」，都被千手觀音燦爛的祥光所攻破。
強大的祥光，將破軍整個捲入。
當祥光散去，地藏，這個背負了數百年陰界最強之名的男子，露出微笑。
「起來吧，我知道這招能傷你，但殺不了你。」
破軍起身，他抹去嘴邊的鮮血，右手緊握著戰矛，身上的冑甲出現了被猛獸攻擊後的傷痕，破軍此刻，竟發現自己感到氣餒。
是的，就是氣餒。
因為他可以感覺到，眼前這男人的強，尤其這招千手觀音，不只是無懈可擊的防禦，更是完美無缺的攻擊。
破軍體內的每個細胞、每次呼吸、每次肌肉移動，都在提醒著他一件事，眼前這個名為地藏的男人，比自己還要強。
數百年來站在陰界最強頂端的太陽星，果然名不虛傳。
「我認得這甲冑。」地藏淡淡的笑著，「歷代易主的破軍，都穿著這件甲冑，它叫做逆鱗，對吧？這甲冑記錄了每代破軍的力量，像是一種傳承，更像是一種詛咒，當破軍穿上了逆鱗，從此要踏上顛覆天下的道路。」
「嗯。」破軍咬牙，手上的戰矛越握越緊。
此刻的他，腦海中至少模擬了超過五十種的攻擊方式。
打出能削平山壁的真空斬？使出能毀滅一整個軍團的黑丸？抑或建造出讓人窒息的天

壁？甚至是自己壓箱底的，以颱風為主體的神風滅。

恐怕都無法解開地藏以千手觀音組合成的防禦。

因為千手觀音，互相搭配組合，肯定會誕生百萬種防禦與攻擊模式。

不會贏。

破軍知道，現在的自己不會贏，更何況，地藏的實力恐怕不只千手觀音這招而已。

「吼。」破軍抓起戰矛，想要動，卻發現自己動不了。

因為他找不到攻擊的方式，完全找不到。

「真是不錯的年輕人。」地藏微笑，「能看出敵人的能力，也是一種實力，你至少具備了這樣的實力。」

「可惡。」破軍握著戰矛的手，禁不住顫抖著。

他竟然在害怕，害怕這個地藏。

「不過，有件事和你說一聲，」地藏微笑，「你可知道，我早就知道你會來。」

「嗯？」破軍一顫。

他來挑戰地藏，該是自己決定的秘密，應該沒和任何人說過才對啊。

「你是沒和人說過，但有人太了解你了，所以『她』曾提醒過我，」地藏淡淡的笑著，「終有一天，當那個男孩穿上了紅色逆鱗，他一定會來找我。」

「她……」破軍感到全身顫抖，對，這個世界上有一個人就是這麼了解自己，就是這麼讓人悲傷的體悟，她，就是這麼了解自己。

她，來找過地藏？

她，還告訴地藏，自己可能會來？

「她很擔心穿上紅色逆鱗的你，會不小心殺了我，讓三大黑幫和政府之間，出現天翻地覆的逆轉，從此天下大亂，而你更可能成為黑幫群雄終生追殺的對象。」

「她……」

「她真的很擔心你，真是一個可愛貼心的女孩。」地藏笑，「如果我年輕個八百歲，肯定會喜歡上她吧！」

「她……」破軍咬著牙，根據地藏的講法，他已經完全猜出這女孩是誰了。陰界中最多管閒事的女孩，就非她莫屬。

「不過，她原本擔心我被你擊殺，但我告訴她，以現在的情況來說，是不可能的。」地藏一笑，「她不信，我只好和她打了一場。」

「所以，她，和你打過了？」破軍訝異。

「而且順便一提，」地藏說到這，露出挑釁的眼神，「千手觀音這招，她可是破了喔。」

「什麼？」破軍雄軀一顫。

「她，可是破了我的千手觀音喔。」地藏繼續微笑，「破軍小兄弟，讓一個比自己強的女孩，這樣擔心自己，好嗎？」

讓一個比自己強的女孩，這樣擔心自己，好嗎？

好嗎？好嗎？好嗎？好嗎？

破軍全身顫抖，他手上的戰矛，陡然激發出猛烈的風勁，全身上下的紅色戰甲，更隨之爆發強烈的風壓。

「生氣了嗎？被這樣說就生氣了？」地藏表情中，帶著幾絲惡作劇的調皮。「你究竟是氣哪一件事？氣她比你強？還是氣……過了這麼久，你還是一直讓她擔心？」

過了這麼久，你還是一直讓她擔心？

「住口，住口啊！」破軍往前猛衝，手中戰矛上的紅絲帶，竟像是被灌滿了真氣，變得宛如刺蝟般又直又硬，然後，矛鋒如同一條銳利的直線，朝著地藏的胸膛直貫了下去。

「這招不錯，可惜，只是不錯而已喔。」地藏搖頭，千隻手再次舞動。

千手展現美麗而充滿力量的姿態，矛鋒再強，同樣被刺眼如驕陽的金色氣息所吞噬。

「要變強，就要用東西來換，這是技最基本的法則。」破軍右手的戰矛被完全壓制，卻露出絲毫無懼的表情。

左手一翻，他的手刀中出現了真空斬的氣旋。

「想要以左手的真空斬，進行偷襲嗎？」地藏的千手不斷變化，展現了毫無破綻的終極防禦。「這招之所以被稱為千手觀音，就是因為它擁有無窮的變化，所以能應付各種狀況，你確定偷襲有效？」

「偷襲無效，我知道。」破軍冷笑，左手的真空氣旋高速轉動，宛如一支小型的鋸子。

「但如果我不是要偷襲你呢？」

「那是？」

「我要換更強的技。」破軍朗聲大笑，同時左手竟然朝著自己的臉上劃了下去。

劃過的地方，在額頭的下方，鼻頭的上方，是的，那是眼睛的位置。

負責觀察、凝視，被稱作靈魂之窗的「眼睛」位置？

一刀，劃破了眼珠、劃破了水晶體，也劃去了破軍的視覺，光明的世界。

「你……」地藏愣住。

「風，原本就是看不見的。」破軍雙目流下鮮血，放聲狂笑，「那就別讓討厭的視覺來干擾我吧！」

這秒鐘，地藏感受到了，破軍的風改變了。

原本狂暴而憤怒的颶風，如今變得細膩而詭異，從四面八方朝千手觀音包圍了過來。

「好。」地藏感受到周圍風的異變，不由得讚了一聲。「好招。」

「好招嗎？讓你看看真正的好招！」失去了視覺的破軍，發出一聲巨吼，雙手用力握住戰矛，戰矛竟然在他手心中，消失了。

戰矛消失了？不，戰矛並沒有消失，只是在破軍手上，散成千萬顆細微的風分子，朝著千手觀音的方向飛去。

「這是？」地藏感到背脊微微發涼，自己的千手觀音雖然能組合出幾百萬種組合，能抵擋百萬種攻勢，但此刻，對方可是不同於一般的變化，對方可是分子啊。

千萬顆分子，就代表著千萬種無法預料的方向，更是超過千手觀音能變化出的數目。

只見，千萬顆分子不斷滲入千手觀音的銅牆鐵壁中，漸漸集中到了地藏的胸前。

然後，破軍放聲大吼。

「接我這一招啊，臭太陽老頭！」

這一秒鐘，所有穿過千手觀音的風分子，開始快速聚攏，組合出一個戰矛的矛鋒。

雖然滲入的體積已經不足以完成一柄戰矛，但尖銳的矛鋒卻已經綽綽有餘。

「好招，真是好招啊，」地藏大笑，「以一雙眼換這樣的好招，老衲服了。」

說完，銳利的矛鋒，噗的一聲，就這樣插入了地藏的胸口。

伴隨著一大片的鮮血，破軍拔出了手上的戰矛。

地藏倒下。

帶著胸口噴濺出來的鮮血，地藏倒下了。

這個數百年來被喻為陰界第一強者，唯一危險等級到達十的不敗高手，真的輸了嗎？

3.2 黑丸再現

時空，回到現在的陰界。

橫財說話的聲音持續著，「破軍何等霸氣！他的出現，等於替我們這些離經叛道的人物，開創一個新的里程碑，如果他不要背叛……」

「背叛？」

「沒事嚕。」橫財細長的眼睛瞇起，快速轉移了話題。「與地藏一戰之後，破軍雙眼已盲，被迫要隱匿起來治療，而地藏也暫時消失了蹤跡，更讓人好奇嚕。那一戰究竟誰贏了？到底是那柄戰矛奪去了地藏的命脈，還是地藏仍贏下了陰界第一之名嚕。」

是誰贏了呢？柏的內心微微顫動，隨著紅絲帶飄動，又將他帶回了數十年前破軍的記憶，那古樸的僧幫內殿中。

地藏中矛，仰頭便倒。

只要破軍往前踏上一步，順勢補上一矛，這個陰界第一的傳說，恐怕將就此劃上休止符。

但破軍卻只是高握著矛，對準躺在地上的地藏，而地藏的表情依然溫和，淡定的注視著破軍。

忽然，破軍吸了一口長氣，轉身，朝殿外走去。

「年輕的破軍兄弟，為何不殺我？」地藏壓著胸口的傷口，微笑問。

「我殺不了你。」

「喔？」地藏一笑，「何以見得？」

「因為武曲放心離開了。」

「放心離開？」

「是的，武曲這個笨女孩，我了解她，一如她了解我。」破軍血紅色的戰甲背影，大步朝著殿門走去。「她肯定知道我會破解千手觀音，但，她卻仍願意相信你而離開，表示……」

「表示？」

「你這個太陽臭老頭，一定還有更強的絕招吧。」

「更強的絕招？」地藏一愣，然後放聲大笑，「哈哈哈，哈哈哈！」

「有什麼好笑？」

「哈哈哈，你們師兄妹很有趣，」地藏眼睛瞇起，「你們都夠強、夠韌性，偏偏又保留著對彼此很純真的關心與了解，這樣的兩個人，合則天下無敵。」

「那不合呢？」

「恐怕會成為彼此最悲傷、最痛苦的敵人吧。」

「是嗎？」破軍嘴角牽起了一個悲傷的微笑，然後繼續往門外走去。

「嗯。」

「臭老頭，這場比試，我輸了。」破軍在離開之前，說了最後一句話，「但只是現在，只是現在而已。」

「呵，那我期待你再來挑戰我啊。」目送著破軍離開的背影，地藏快速在胸口點了幾點，血立刻止住。

然後地藏輕輕嘆了一口氣。

「合則天下無敵，不合則成為今生最悲傷的死敵，破軍與武曲，你們兩人要保重啊。」地藏搖了搖頭，「若老衲沒料錯，下次易主稱霸之人，就是你們兩個其中之一了。」

時空，從柏的記憶中被拉回，拉回了現實。

自己與阿歲被一雙大手牢牢抓住，懸在空中。

剛剛柏漫長的回憶，對現實的時間來說，不過就是橫財講三句話的時間，短短的三分鐘不到。

「不管世俗給了破軍這人什麼樣的評價，」橫財慢慢的說著，「但無人敢否定的是，這傢伙膽識夠、力量強，而且更是勇於離經叛道，無愧破軍之名。」

「嗯。」柏回憶著內心那湧出的景象，完全認同了橫財所說，若不是膽識夠，怎麼敢隻身踏入三大黑幫中僧幫的總部，單挑數百年陰界第一強？

「而你這小新魂，」橫財冷笑，「不過是剛好領悟了不成形的真空斬，然後又被只會下毒、但識人不清的鈴星給亂認，竟讓我剛剛有一瞬間，以為你就是破軍！」

「我……」

「既然如此，就讓我給你們一個了斷嚕！」橫財將阿歲提起，「先殺一個，再用酷刑，逼另一個帶我去找那柄傳說中的戰矛！」

「不可以！」老闆娘站起來，想要使用星穴，但橫財只是隨意一個踢腳，一股強力的道行射出，又將老闆娘撞向了牆壁。

強弱懸殊。

真的是強弱懸殊啊。

「沒關係的啦，不過是爛命一條嘛。」阿歲看著老闆娘，笑了。「小周。」

小周？老闆娘此刻眼眶濕了，那不是自己還年輕的時候，阿歲喚自己的暱稱嗎？

「歲，」老闆娘語氣堅定，「如果你被殺了，我一定會跟你去。」

「嗯。」阿歲一笑，「這樣也好。」

「對啊，這樣也好。」老闆娘輕輕的說，「只可惜我們看不到易主結束，新的時代來臨了。」

「對啊，希望電視上的那女孩，還有柏，你們可以改變此刻的黑幫。」

「囉唆完了嗎？」橫財低吼，握住阿歲的手，就要用力。

其實，此刻的橫財也不知道自己在氣什麼？但他就是想開殺戒，也許是因為剛剛把柏誤認為破軍轉世，而感到窘迫。

這份窘迫，更來自橫財內心深層的，對破軍的激賞。

破軍的叛逆，是橫財心中嚮往，所以他不容許隨便一個小毛頭，就讓他產生破軍的感覺，不行，太扯了。

所以他要開殺戒，把現場的人都殺光，留下這個可以找戰矛的小毛頭就好了。

而柏呢？

他同樣被橫財提著，但他的眼神卻忍不住停在阿歲與老闆娘身上，柏知道，自己其實很欣賞這一對老伴，雖然這對老伴始終沒有承認喜歡彼此，卻花了好幾十年守護在對方身邊。一起經歷了對方的輝煌歲月，一起共度躲藏時光，一個煮麵一個吃麵，總是拌嘴，但卻比誰都了解彼此。柏閉著眼，想著自己是不是也曾經有一個這樣的人？

不是小靜，而是小靜背後那個模糊、長髮纖細的背影。

如果是這樣，那自己是不是該做些什麼？該做點什麼？

「破軍曾說，技的基本法則，就是要得到更強的技，就要用東西去換。」柏吸了一口氣。

「所以？」

「就讓我，用東西去換更強的技吧！」柏突然放聲一吼，左手出現了一道高速迴旋的風。

「真空斬？你以為真空斬能傷我？」橫財冷笑。「你就算直接砍在我身上，我也不會痛啊。」

「不，」柏左手的真空斬冒出凜冽殺氣，臉上淡然一笑，「我沒打算砍在你身上。」

「嚕？」

「我要砍的地方，是我自己的身體！」柏大笑，然後左手一揮，揮向了自己的雙眼，「要更強的技，就要用東西來換啊！」

當手揮過，柏的世界突然陷入一片黑暗。

無光的黑暗。

黑暗中，他聽到了好多聲音，阿歲的大吼、老闆娘的大叫、小曦的尖叫，還夾著橫財沉重的喘氣聲。

「破軍。」柏心中默唸，「告訴我，你失去雙眼之後，到底『看』到了什麼吧！」

然後，柏「看」到了。

風。

黑暗中，風來了。

一條一條，純淨如白絲的風，從四面八方湧來，宛如溫暖的洋流，將自己包圍其中。

巨大粗暴的絲線，是橫財；細密溫柔的風，是老闆娘；小奸小惡卻依然不失正道的風，是阿歲；悲傷但潛力無窮的，是小曦；還有固執強韌，同樣具備驚人潛力的，是鐵棺中的忍耐人。

那柏自己呢？

第一次，柏看到了自己身上的風。

「原來如此，」柏在此舉起了左手，笑了。「黑丸，是這樣打出來的啊。」

黑丸，當年與地藏一戰時，破軍的第二絕招「黑丸」，難道將在陰界再度重現？

黑丸，是與真空斬截然不同的招數。

真空斬，是透過操縱風，將風一口氣抽離，於是產生一個空白的區域，這區塊因為裡頭沒有任何的空氣，所以等於一個空洞的狀態，任何物質，都會因為物理性質的關係，被拉出來去填補這個空洞。

所謂的拉出來，其實就是一種暴力的扯裂。

所有被真空斬碰到的物質，都會被真空給扯裂。

但真空斬的強弱，取決於操風者對風操縱的能力。

因為不可能達到真正的真空，所以真空的程度與施術者的道行有極大的關係，道行越高，操縱風的能力越強、能製造的真空越完美，越能將敵人的身體瞬間撕裂。

在歷代的破軍中，就屬五百多年前的破軍星，名為「一念」的女子，最擅長使用真空，她的真空球，甚至可以包圍一座大樓，不只撕裂，甚至讓數百名敵方士兵，同時窒息。

真空，可以說是極易入門，但要練到高深，卻是最困難的一項風之技。

而黑丸，同樣是針對風進行操縱，但黑丸的技巧卻與真空截然相反，它是不斷提升空氣的密度，然後形成一種旋轉的狀態，旋轉的強度隨著風密度的增加而增加，強大的旋力，可以將敵人手腳一口氣捲入，直至捲成血肉模糊的麻花捲，然後再扔出來。

歷代破軍中，會使用黑丸的人比真空斬的人多上許多，不過最出名的，還是八百多年前的破軍星，名為「海拔」的男人，他甚至透過黑丸招來颱風，將海面上的軍隊全部殲滅。那海面上的軍隊剛好是侵犯日本的元軍，從此日本便將颱風命名為神風。

另外值得一提的是，海拔這名男子後來在那次的易主大戰中，輸給了一個剛到陰界只有三十年的男子，自易主名單中除名，而那名僅入陰界三十年的男子，就叫做地藏。

也就是擊敗破軍的千手觀音，太陽星地藏。

黑丸，與真空斬，是操縱風的兩項基本技。

後來當破軍挑戰地藏時，因為失去雙眼，領略了操縱風的更高深技巧，將數千萬顆風分子穿過地藏的千手觀音，一次將地藏的優勢逆轉。

如今，柏也用真空斬奪去了自己的視力，當沒有了視覺，就能更強烈的感受到風的流向。在柏的這片黑暗中，風有了形體、有了顏色、有了語言，然後他就領悟了，風的第二項基本技，「黑丸」。

如今，柏打出了黑丸，一瞬間，更殺了橫財一個措手不及。

3.3 無情心出世

陰界，醫院。

橫財的大手鬆了。

帶著噴濺而出的血跡，橫財的手鬆了，鬆開了柏與阿歲。

「黑丸嚕？」橫財手上滿佈著被狂風捲過的傷痕，低啞的聲音嘶吼著。

「黑丸？」老闆娘與阿歲同時發聲。

只擁有真空斬也許還不足以證明，柏就是掌風者破軍的本命，但如果連黑丸都出現了……

「你是破軍？」橫財退了一步，怒吼，雙手再度伸出，朝著柏的腦袋抓來。「怎麼可能？怎麼可能是真的黑丸？」

柏此刻沒有了視覺，他感受到橫財的風，既帶著憤怒，竟又隱藏著幾分期待，朝向自己撲來。

柏一個旋身，以身體為軸心，再度打出黑丸。

這次的黑丸有了身體增加旋力，威力更強，狂暴的風分子更完全聽從柏的命令，化成一團強大的旋勁，捲向了橫財。

橫財的手，在接觸黑丸的同時，先是肌膚皺起，然後整個手臂都轉了半圈，只要再轉半圈，橫財這隻搶遍各種寶物的大手，恐怕當場報廢。

「吼。」橫財右拳用力一握，強大的道行灌注，硬是將手又扭了回來。

然後再次，抓住了柏的腦袋。

失去了視覺的柏，可以感受到橫財的風，更有機會躲開，但他這次卻沒有閃避。

他任憑那隻大手，壓住了自己的腦袋。

「你，真的是破軍？」橫財的手微微施力，柏頓時感到腦漿快要被擠出般的疼痛。

「這很重要嗎？」柏昂起頭。

「如果你是破軍嚕，那就代表你是十四主星之一，代表你擁有權力爭霸天下，」橫財慢慢的說著，「你的頭顱很值錢，賣到政府或是黑幫，都可以賣到很好的價錢啊。」

「呵呵，橫財，」柏此刻笑了，「所以你要殺了我，拿去賣錢？」

「這提議很不錯，不是嚕？」

「如果我是破軍，我也許將成為易主之王，我也許可以打造一個破軍的時代，一個離經叛道的時代，」柏豪氣的說，「這樣的時代，不就是你期待的嗎？」

「我，期待的……」

「什麼勞什子的政府法律、什麼見鬼的黑幫法則，全部都丟掉，我們回到原點，讓陰魂們自己決定自己的未來。」此刻的柏，手上的紅絲帶飄揚。「這樣的破軍時代，不好嗎？」

「哼。」

「不好嗎？橫財。」柏慢慢的說著，然後一句突然的話語，湧上了嘴邊。「或者，我該稱你為，肥仔。」

肥仔？這秒鐘，橫財肥碩的身軀一顫。

因為肥仔這名字，的確只有「那個人」知道，那個總是穿著紅色戰甲的男人，那個橫財與莫言曾經努力追隨的「那個人」。

「你現在是在拉攏我嗎？」橫財的語氣微微顫抖，「你想煽動我加入易主之戰嗎？你可知道，無論你是不是破軍，光憑這番話，政府就可以把你炒成碎肉，丟去餵鐵蝸牛了。」

「違背政府？你會怕嗎？」柏微微一笑。「或者說，我認識的肥仔，過了這些年，已經變成膽小鬼了。」

「哼。」

「混蛋。」橫財手一用力，柏的腦袋再次痛了一下。「不准你叫我肥仔嚕。」

「等你證明，自己真的有破軍實力的時候嚕。」

「所以，你願意等我證明？所以你的意思是……」

「意思是，老子心情不爽不想殺你了。」橫財的手鬆開了，然後朝著那個無情老人的病房比去。「無情心給你嚕，最好給我好好用別浪費，不然，我就殺了你們嚕！」

看著橫財肥碩的背影，這秒鐘，柏鬆了口氣，然後笑了出來。

因為無情心到手了，包含忍耐人在內的那三條人命，終於有救了！

得到橫財的默許，下一刻，老闆娘和阿歲同時衝向了隔壁的病房。

病房內，一個巨大的東西正等著他們。

黑色、濃稠，宛如一個大黑色氣球的心臟，從那病危的老人的胸膛，浮上半空中。

「這就是，無情心？」老闆娘仰頭，就算身為陰界第二神醫，也是第一次看見無情心出土的模樣。

「貨真價實，童叟無欺的無情心。」橫財的聲音從後方傳來，「只有夠無情、夠冷血、夠爛貨的陽世人，臨死之前才會誕生的寶物。」

「按照天機星吳用的著作，」老闆娘開口，「無情心雖是無情，但療效卻極為驚人，可以讓陰魂起死回生，甚至推回陽世，只要用了這寶物，忍耐人的未婚妻一定能得救了。」

「那我們還等什麼？」阿歲語氣興奮，手往前一伸，就要抓住那宛如氣球般的無情心。

「等一下！」老闆娘忍不住大叫，但畢竟慢了一步，阿歲的手，已然碰到了無情心。

「什麼？」阿歲一愣，回頭看向老闆娘。

「小心無情心！」老闆娘大叫。「它會破掉啊！」

阿歲猛然回頭，此刻他突然懂為什麼老闆娘要阻止他了，因為無情心崩潰了。

又黑又濃稠，宛如臭柏油般的液體，崩瀉了下來。

劇臭的無情心液體，瞬間淹沒了阿歲，宛如暴浪般的黑色液體，更朝著老闆娘、橫財與柏而來。

「這液體沒有毒，但若是碰到，至少會臭上幾個月，很討厭。」橫財手一揮，道行綻放，這兇暴的近距離臭浪，頓時被他的手分成了兩半。

臭浪被橫財擋住，氣勢雖然略減，但仍有一定的威力，方向一轉，則捲向了柏與老闆娘。

「到我後面。」柏雙眼雖盲，但仍可感受到黑浪引起的空氣變化，只見他左手手刀往左後方一劃。

一道真空斬陡然出現，從柏的正前方，一直延伸到柏的左後方。

「真空斬？真空斬對臭浪有什麼用？」老闆娘躲在柏的右後方，表情納悶，「還有，真空斬為什麼要劃向自己的左後方呢？」

但，下一秒，老闆娘就懂了。

因為這看似兇暴無規律的臭浪，竟然被真空斬所引導，全部順著真空斬劃過的痕跡，從柏的面前有驚無險蜿蜒繞去，然後繞到了柏的左後方。

「真空的原理，就是一無所有，所以能吸引所有的物質。」柏笑著說，「臭浪也是物質，所以會被真空給吸引。」

「啊？所以真空斬就像是溝渠，會引導臭浪方向？」老闆娘一愣，然後不禁微微一笑，「你進步很多啊，柏。」

「還好。」只是柏才得意一會兒，幾滴臭浪的液體，還是在浪花衝擊中濺了出來，滴在柏的手臂上。

緊接著，是宛如沉浸發酵了數年的糞便惡臭，從那滴痕上，湧了出來。

「好臭。」老闆娘表情皺在一起，隨即笑了，「看樣子，還不能完全將臭浪引導開啊。」

「道行不足。」柏聞到臭浪的味道，也不禁皺眉。「如果按照破軍的記憶，道行越高，越能打出純度更高的真空，到那時候，別說臭浪，連大海都可以阻隔。」

而就在柏與老闆娘討論著真空斬時，眼前無情心的臭浪已經流盡，露出了無情心裡頭的一個銀色物體。

一個可以被放在手心上，銀色的小愛心，開始墜落。

「小心。」老闆娘才要往前踏一步，另一隻手就已經伸出，接住了那銀色小愛心。

這隻手上黏滿了臭浪的液體，呈現可怕的深黑色，不，正確來說，應該說這個人不只是手，全身上下都是臭浪的惡臭遺骸。

他，正是親手瀉去無情心，更是無情心臭浪的主要受害者，阿歲。

他的臉也全部都是乾掉的臭浪，只露出一雙眼睛，阿歲接住了無情心之後，打算轉身要拿給老闆娘。

但，老闆娘卻連退了好幾步。

「呃。」老闆娘露出歉意的微笑，「歲，你別……別過來，還是用丟的，怎麼樣？」

「小周，為什麼？我們不是剛剛才表明了心意，要和對方同生共死而已嗎？」阿歲手拿著銀色的小愛心，朝老闆娘走了幾步，身上濃黑色黏稠的臭液體，啪答啪答的掉落。

「不是，這是兩回事，」老闆娘又退了幾步，「我是願意和你同生共死，但前提是，你不能那麼臭……」

「妳嫌我臭？」

「嗯。」老闆娘閃避了阿歳的眼神。

「你們都嫌我臭？」阿歳看著眾人，眾人一起點頭。

「哇。」阿歳大叫，然後手上銀色的小愛心用力扔了出來。「老子這麼拚命，結果受到這樣的對待啊！」

銀色的小愛心飛出，被失去視覺的柏，精準的一手接住。

「阿歳對不起，這就是人生殘酷的地方啊。」說完，柏把愛心拿到了老闆娘面前。「接下來……」

老闆娘接過了小愛心，此刻，她的表情一改剛才的嘻笑怒罵，變得專注而強悍。是的，這才是陰界第二神醫的表情。

「接下來，交給我吧。」老闆娘溫柔而堅定的一笑。

「嗯。」

「我一定會讓小曦、忍耐人，甚至是小茜，平安的活下來。」老闆娘微笑，「以周娘之名。」

以我陰界第二神醫，周娘之名。

就在老闆娘端坐在小曦與忍耐人之前，探測著忍耐人與小曦星穴相連的狀況時；阿歲躲到了一旁，努力想要清除身上的惡臭；失去視覺的柏，則正思索著剛剛領悟到的真空斬與黑丸之技。

此時，有一個人，來到了病房的另一個角落，一個躺著老九屍體的角落。

他是惡棍，他是流氓，他是陀螺星橫財。

「一擊斃命嚕。」橫財蹲下，手心透著道行，搜尋著老九身上殘餘的道行。「這老九也不算是庸手，竟然一招斃命，對方是太強？還是……」

「還是……其實兇手是老九的熟人？」柏的聲音，從後面響起。

「賓果嚕。」橫財沒有回頭，「這老九雖然只是一介鬼卒，但能將鬼卒三物開發成如此，絕對不是弱者，要將他一擊斃命，恐怕連我都做不到，但兇手卻能做到，為什麼？只有一個可能，兇手是老九的熟人……」

「只是為什麼？」柏問。「為什麼熟人要殺老九？」

「我猜，與不夜燈有關。」

「何以見得？」

「因為，老九的不夜燈不見了。」

「喔？」柏訝異，那盞將橫財、柏、阿歲與老闆娘送往許多凶險之地的神祕寶物，果然不見了。

只是剛剛為了搶救忍耐人與小曦，去搶奪無情心，導致情勢混亂，所以無人發現不夜燈不見了。

「為什麼那熟人要殺老九？又要拿走不夜燈呢？」

「也許是為了強制終止通道程序。」

「強制終止……」柏沉思了半晌，「所以還有人不希望我們到快餐車去，是第三股勢力嗎……？」

「也許有人，不希望你和某人見面，哈哈哈。」橫財突然笑了，「就像另一股勢力，反而希望你和某人見面一樣，哈哈哈。」

「繞口令啊。」柏皺眉。「什麼見面不見面的。」

和某人見面？橫財所說的，難道是快餐車上，那個正在推門的女子聲音嗎？

那個瞬間讓自己心跳加速、又無比懷念的聲音，是誰呢？那個風鈴演奏出的旋律，又為什麼那麼讓人悲傷呢？

為什麼她會讓柏想起了小靜，這女孩又與小靜有什麼關係？

「不過，一切都要等那個鐵棺女孩醒來嚕，也許，她看到了什麼……」橫財昂頭，看著老闆娘額頭滲汗，全神貫注的試圖想把忍耐人混亂瘋狂的星穴全部導正。

「是啊，等小曦醒來，」柏也嘆了一口氣，「也許她看到了什麼。」

是啊，一切都要等到小曦醒來，然後再由她親口說出，那段不夜燈啟動的數分鐘時間內，到底發生了什麼事？

老九，這個變態的鬼卒，為什麼會被一擊斃命？

此時的柏，不禁微微揚起頭，為了奮力一搏而犧牲視覺的他，在這個險惡的陰界中，又將何去何從？

而那個只聽到聲音的女孩，與依然在陽世為了夢想奮鬥的小靜，妳們，又安好嗎？

然後，就在柏發呆之際，忽然，老闆娘的驚呼貫穿了整間病房。

柏轉頭，聽見小茜所在的病榻，竟傳來一陣奇異的騷動……

太陽星・地藏

危險等級：10。
外型：高瘦，看似衰老的灰衣僧人。
星格：特等星。
能力：千手觀音。

地藏的鬼齡比孟婆更老，位居三大黑幫中僧幫幫主，是古往今來的陰界高手中，唯一享有「危險等級十」的怪物，更是所有人公認陰界的最強者。

技之名為千手觀音，透過道行幻化的千隻手，能組合出百萬種防守與攻擊模式，只憑此技就幾乎橫行陰界。

地藏的武器據說是一串佛珠，佛珠僅止十粒，但至今無人見過。

第四章・武曲

4.1 老朋友的承諾

陰界，琴的所在地。

「幹嘛，有必要這樣嗎？」寬闊廣場上，琴大嚷的聲音迴盪著。

「當然，對笨蛋來說，這很重要。」低沉的嗓音回答，這聲音，正是莫言。

此刻，琴坐在地上，而在她的面前，則是被稱作神偷的莫言，正用他的技「收納袋」，一圈一圈的捆住了琴的左手。

左手捆完，又換到了右手。

「莫言，幹嘛，有必要這樣嗎？」琴繼續嚷著，「你知道，幾年前我好歹也是新竹某大學的校花級人物，套上這塑膠袋，成何體統？」

「什麼塑膠袋？」莫言眉頭一皺，手上的力道加重，痛得琴咬了咬牙。「沒禮貌，這叫做收納袋。」

「管他是收納袋還是塑膠袋，是塑膠袋還是垃圾袋。」琴跺腳，「我不要綁這東西啦，醜死了啦，你上次綁過一次，我已經超恨你了，你現在還綁啊？」

「上次是要讓妳開竅，這次我下了四成道行，妳打不開的。」莫言冷哼一聲。「好啦，我把收納袋的顏色變成透明，這樣對妳夠好了吧？」

「那不是重點，沒人喜歡自己手上被綁袋子吧？」琴苦著一張臉，「別人看不到，我自己看得到欸。」

「還敢怪別人嘿？」莫言嘆氣，「綁著收納袋也是為妳好，不靠著我的收納袋壓抑妳的雷電，不然妳控制得住嗎？」

「我……」琴頓時啞口。「我怎麼知道，雷電會這麼難控制……」

這一切的起因，是在半日前，琴因為一時情緒不穩，竟啟動了體內雷弓的電能，左手為雷，右手為電，雷電合一，使得威力驚人的白色雷箭四處亂竄，這些雷箭，不但差點傷了這群同生共死的夥伴，更順手摧毀了所有人的居所，快餐車。

闖禍了，這次，琴真的闖禍了。

「以前的妳魂魄弱小，能量有限，現在妳可是吃了亂葬崗底下的雷弓，當年武曲手握雷弓，隻身面對千軍萬馬，可見這雷弓的厲害！」莫言一邊細心捆著琴的手，一邊說著，「妳現在沒有武曲的道行，卻握有她的武器，其危險性更是加倍啊。」

「嗯。」琴嘟著嘴，她漸漸發現，莫言的動作其實很小心、很細膩，雖然被塑膠袋捆住手很討厭，但莫言輕柔的動作卻讓她有被呵護的感覺。

唉，莫言這傢伙其實很溫柔，如果嘴巴不要那麼壞就好了。

「而且，妳知道妳又是一個笨蛋，一旦亂用力量，傷到別人就算了，就怕力量回過頭來反噬妳。」莫言一圈一圈，細心的綁著，但壞嘴威力卻絲毫不減。「更何況，黑幫與政府都在找妳，因為露出力量而驚動他們，實在划不來啊，笨女孩。」

「什麼笨女孩啊……」琴聲音悶悶的，「我沒有那麼笨啦！」

「妳還說自己不笨？是誰不管三七二十一就衝進鼠窟，害大家差點一起死在裡面？」莫言冷笑。「看樣子妳不只笨，還很蠢。」

「嗯。」琴一方面快被莫言的壞嘴給氣死，一方面卻又感受到莫言施加於自己手上，那細心溫柔的包覆，讓她心情有些錯亂。「如果你嘴巴不要那麼壞，你一定可以追到很多女生，可惡。」

「我要不要追女生……不用妳管。」莫言完成最後一個動作，順手輕拍了一下琴手上的收納袋。「這些收納袋會封印妳的力量，讓妳無法啟動雷弓，但請記住，要控制自己的情緒，一旦雷弓全面爆發，連我的收納袋都擋不住。」

「我知道啦。」

「知道就好。」莫言起身伸了一個懶腰，「我也該暫時離開了。」

「啊？你要離開？」

「最近忙著和你們鬼混，都沒幹正事。」莫言從口袋中，拿出了他的寬螢幕手機，然後拇指一滑，螢幕上登時出現了好幾筆未處理的資訊。

「正事？」

「我的正職，偷東西嘿。」莫言單邊嘴角揚起，一個邪邪的笑。「這段時間正值陽世經濟風暴，氣候異常，至少有二十幾項不錯的寶物現世，更有三十幾筆委託等我回覆，我可忙得很。」

「是喔，呵呵，都忘記你原來是一個小偷了。」琴笑了。「對了，有件事我一直想知道，你可以和我說嗎？」

「哪件事嘿？」

「還記得我們第一次見面，你把我抓到了收納袋中，說是為了找武曲遺留下的寶物，到底是什麼？」琴舉起手臂，秀出雷弓的刺青。「我以為你們要找的，是這把弓，但看起來好像又不是。」

「雷弓是重要寶物沒錯，但雷弓認主人，它認了妳，我們也沒辦法。」莫言眼睛瞇起，射出凜冽的光芒。「不過，我們要找的寶物，可不是雷弓這樣的東西。」

「不是雷弓這樣的東西？」

「武曲當年離開的理由，還有武曲最後一段時間到底經歷了什麼，都與這寶物有關。這寶物也許沒有雷弓強大，但，我敢擔保，這寶物的重要程度，絕對遠超過雷弓。」

「沒有雷弓強大？但重要程度卻遠超過雷弓？」琴喃喃自語，「那到底是什麼？」

「不過坦白說，我也不確定那東西是否真的存在，但如果存在，武曲一定知道。」莫言嘿嘿的笑著。「等妳找回記憶，我再和妳說吧，笨女孩，現在知道了對妳也沒好處嘿。」

「喔。」琴嘆了一口氣，她了解莫言，再追問下去，莫言肯定也不會多說，「那你去偷東西以後，我一旦遇到危險，還可以通知你嗎？」

「當然，不行。」莫言雙手插在口袋中，搖頭。「妳知道，我不會救笨蛋。」

「哼，我才不是笨蛋！」琴雙手扠腰，用力跺腳，但此刻她臉上卻禁不住微笑了，因為她知道，莫言是標準的刀子口豆腐心，如果琴真的有難，莫言一定會回來，不管多遠，莫言都一定會第一個趕回來。

「走啦。」莫言的背影揮了揮手，離開和到來一樣灑脫，毫不眷戀。「人家說笨蛋不容易生病，我相信也不容易死，要活下去啊，女孩。」

「我才不是……笨蛋。」看著莫言的背影，琴感到溫暖，還有一絲絲的羨慕。羨慕的對象，竟是武曲。

「武曲，妳到底是一個什麼樣的人呢？」琴看著逐漸離開的莫言背影，「勇敢、聰明，還讓這麼多人願意對妳死心塌地，我……真的就是妳嗎？而當年讓妳悲傷離去的理由，又是什麼呢？」

看著莫言離開，琴深吸了一口氣，然後握拳。

「好，趁著這個空檔，我也該履行一個諾言了。」琴眼睛遙望著天空，嘴角泛起一個微笑。「學妹，學姊答應妳的，絕對不會忘記喔。」

而就在莫言雙手插在口袋，踏著如貓咪般無聲的步伐，要離開這條街道之時。

街角，一個人影雙手抱胸，倚著牆壁，正等待著莫言。

「莫言。」這人影留著帥氣的平頭，膚色黝黑，那是一張陽光少年的臉龐。

「黑刀，小傑？」莫言微微停步。「幹嘛？」

「你會離去，偷，絕非主因，」小傑深邃的眼睛，閃爍著智慧光芒。「是否為了技？」

「技？」莫言一笑，「喔？你也發現了嘿？」

「嗯。」小傑慢慢的說著，「我們，技，都變強了。」

「沒錯，我很訝異，在鼠窟中我竟然能打出二十三層收納袋。」莫言從口袋中抽出雙手。「這數年來，我收納袋數目的極限都只有二十層！」

「是。」小傑頷首。「鼠窟中，重傷的我，竟然可以再出黑刀，而且硬度更勝以往。」

「這一切，看起來好像都和那個笨女孩有關嘿。」莫言笑了。「我們似乎都變強了。」

「為了適應更強的自己，必須鍛鍊，所以要偷。」小傑說，「這，才是你離開的真正理由吧？」

「你很聰明。」莫言搖頭，濃濃殺機，從墨鏡後透了出來。「聰明到讓我有些想殺了你。」

「殺我？」小傑眼睛同樣閃爍著殺氣，與莫言互相抗衡。「你此刻或許能殺我，但絕對代價慘重，畢竟，我也變強了。」

「是啊。」莫言全身的殺氣越來越濃，「但等我回來，也許就不一定了。」

「我也會更強。」小傑鼓起周身道行，與莫言抗衡，毫不退讓。「等你。」

「好，等我。」莫言一笑，收起濃烈殺氣，灑脫轉身。

「好，等你。」小傑一笑，目送莫言離去。

此刻，兩人簡單的對話，俐落的擦身而過，毫不眷戀的互下戰帖，卻給人一種奇妙的氣氛。

一種英雄惜英雄的氣氛。

在莫言與小傑兩人談話的同時，琴則悄悄走到了另一頭，這裡是臨時搭建的簡易廚房，廚房中，小耗正在專注的甩著麵。

只見小耗將一個又大又圓的白色麵團，又是重摔又是輕甩，沉重中帶著些許靈巧，靈巧中又不失穩重，琴不禁看呆了，她彷彿看到了一場結合力與美的舞蹈。

漫天激起的麵粉中，小耗全身散發騰騰熱氣，同時展現了體魄的陽剛，與麵團的柔美。

以前小耗在拍打麵團時，有這麼美嗎？琴不記得，真的沒有任何印象。

是小耗變厲害了？還是琴體驗了道行的真諦，所以眼力變厲害了？琴不知道，她只知道，她想專心的欣賞這場表演，這場只有小耗才能完成的舞蹈。

就這樣，琴足足站立了三十分鐘，看小耗將一個麵團甩鬆，完成了他這次的鍛鍊。

然後，小耗一抹滿頭的汗水，他才發現了琴。

「琴姊？啊，妳站在這裡多久了？」小耗急忙擦去額頭的汗水，露出害羞的笑。「對不起，我忙著練麵，沒注意到妳，對不起。」

「沒關係啦，我剛剛免費看了一場好看的甩麵秀欸。」琴蹲坐在地上，雙手托著下巴。「你剛剛甩麵，甩得好漂亮喔。」

「真的嗎？謝謝。」小耗笑了，身材雖小的他，捲起袖子甩麵時，卻可見到他略細的手臂上，佈滿了精實的肌肉，這些肌肉，就是精彩甩麵秀中力量的根源嗎？「琴姊，我覺得自己好像變強了欸。」

「變強？」

「對啊，自從在小寶夜市遇到妳以後，經歷了幾場戰役，我發現自己越來越厲害。」小耗看著自己手上的麵團，此刻甩好的麵團，在陽光下漾著透明的光芒，光看這薄薄的光芒，就讓人禁不住開始想像……當麵團變成麵條時的美味。

「越來越厲害？」

「對啊，除了刀削麵，我發現自己好像有了靈感，想再用麵團創造不同的技……」小耗微笑，抓了抓頭，滿臉麵粉的他，露出靦腆可愛的笑容。「但我還沒完全想出來。」

「小耗，我想你變強，不是我的關係啦，」琴笑得好開心。「是你很認真的關係。」

「真的嗎？」小耗看著自己的雙手，「但，我無法解釋遇到琴姊之後的那種感覺，彷彿自己的靈魂，正被另一個靈魂鼓動著，越是鼓動、越是接近那一個靈魂，我就可以感覺到自己的能量越澎湃。」

「嗯？這麼玄的話，我聽不懂啦。」琴微笑，「既然你覺得和我有關，那你要答應我一件事。」

「好，琴姊說的事，我一定做到。」

「等你新的麵團技練成了，一定要第一個給我看喔。」琴認真的說。

「第一個嗎？沒問題！」小耗咧嘴笑開，「一定。」

「呵呵，」琴笑了一下，「不過老實說，我今天來找你，是要請你幫忙另一件事。」

「什麼？」

「可以請你陪我去一個地方嗎？」

「喔？」

「我想去看一個陽世的歌唱比賽。」琴笑得甜甜的。「你，可以陪我去嗎？」

「一個陽世的歌唱比賽？」

「是啊，因為……」琴揚起頭，表情彷彿回到了那個溫暖的午後，大學女生宿舍裡燦爛的陽光之中。「這是一個對老朋友的承諾。」

琴很喜歡小靜，不只因為她是一個聰明的學妹，而是因為與生俱來的投緣。人與人之間的緣分深淺，常常無法解釋，琴與小靜之間的緣分更是如此。

琴熱情，人際關係好，整天忙東忙西，思考特立獨行，做事出人意表，是男生與女生共同的朋友和偶像。

小靜則是人如其名，安靜且疏離，她不擅交際，喜歡讀書與獨處，嫻靜與神秘的外表常常會吸引男生，但這些男生最後的結局往往只有一個，就是留下一句「我實在不懂妳」然後頹然離去。

只是小靜並非不懂愛情，她只是將愛情小心收藏在心中的角落，一個無人可以探知的角落。

但當熱情的琴遇到了疏離的小靜，兩人卻一拍即合。

小靜將琴視為偶像，琴則把小靜當作妹妹來疼愛。

而小靜內心勇敢的夢，琴是少數知道的人，另一個，當然就是柏。

一個不屬於大學生世界的柏。

於是，琴鼓勵小靜參加各種音樂比賽，花了許多時間和小靜討論音樂，其中，最讓小靜感動的，是琴很認真的聽小靜唱歌。

安靜的聽，沉穩的聽，陶醉的聽，沒有發出任何批評、單純享受的聽。

「唱完了。」小靜唱完一首歌之後，從不問琴唱得好不好，因為琴的表情，往往就說出了所有的答案。

那就是，我很喜歡妳的音樂。

「聽妳的歌，就算剛剛國學只考十分，也不會覺得難過了。」琴雙手托著下巴，露出好幸福的表情。

「謝謝妳，學姊。」小靜臉好紅。

「哎啊，什麼謝謝？是我該和妳說謝謝才對啦，剛剛是我說想要聽歌，拉妳唱給我聽的啊。」琴甜笑。「小靜，校內的歌唱比賽，妳報名了嗎？」

「我、我好像還沒準備好！」

「什麼沒有準備好？」琴眼睛大睜，「糟糕，昨天就是報名截止日了，妳沒有報名？」

「沒……沒有……」

「哇，小靜，妳是故意的吧？」琴叫著，「一年來大大小小的各種比賽妳都說自己沒有準備好？」

「我想……我還沒有準備……好……」

「那妳那個神秘男友呢？他沒有鼓勵妳去比賽嗎？」

「他，有啊，但我也和他說，我沒準備……」說到這，小靜整張臉又紅了起來。

見到小靜這模樣，琴只能默默嘆氣，她知道自己不能再追問了，再問下去，怕小靜會受不了。

果然，後來的一兩年內，小靜持續唱著歌，但只對琴和柏兩人唱，始終少了往前用力踏出一步的勇氣。

可是，事情卻在幾年後有了轉機，已經開始工作的琴，某天突然收到了一個紙袋，信封外沒有署名，只用潦草的字跡寫著琴的名字。

琴納悶，打開了紙袋。裡面是完整的歌唱比賽資料，還有一張幾乎快要填完的報名表。

報名表上，寫的正是小靜的名字，筆跡娟秀，是小靜自己的字跡。

看到這紙袋，琴先是一愣，隨即就懂了。

「這是小靜打算報名的歌唱比賽嗎？」琴細細的閱讀著比賽辦法，「而且這小妮子已經填完了報名表，但卻……沒有把報名表寄出去？」

「可是，」琴把紙袋翻過來，仔細端詳紙袋上的字，潦草中帶著生硬的陽剛氣息，這應該是男生的字跡。「這份資料被男生留了下來，輾轉寄到了我這裡來？」

想到這裡，琴不禁笑了。

「我懂了，這個男生留下了資料，但不知道怎麼替小靜報名，所以要請我完成最後這部分嗎？」琴的笑容越來越大，「沒問題，我最會幹這種事了。」

說完，琴把報名表上最後遺留的資料填上，每份資料細心釘好，再換上乾淨的信封，謹慎的封上了口，準備拿去郵局進行投遞。

「那個男生啊，」當琴整理完所有資料，她自言自語著，「雖然我沒見過你，但我想，你一定和我一樣，是百分之百支持小靜夢想的人吧。」

「你一定也和我一樣，是一個奇怪的人吧，呵呵。」

那一年，小靜收到了初選通知，然後在琴的電話鼓勵與柏不斷催促下，小靜站上了比賽的舞台。

然後，她握住麥克風。

那一晚，歌聲，像是海，從她的唇間翻湧而出。

小靜知道，她雖然是對著台下四位評審唱歌，雖然是對著成千上百個聽眾唱歌，但她卻知道，她的每句歌詞，其實是對著她生命中最重要的兩個同伴唱歌。

一個是琴學姊，一個是養著會尿尿的狗的柏。

但小靜也是到了很久以後才知道，就在她鼓起勇氣站上舞台，闖進驚險的百人大賽的那一天，是的，就是那一天。

這兩個將她推到距離夢想最近地方的人，卻先後離開了陽世。

一個被闖紅燈的小貨車撞上，醫生搶救無效後，從此踏入了漫長的陰界旅程。

一個則是在暗巷與人械鬥時，遇到了鬼，遇到鬼還不打緊，還倒楣的被鬼給抓進了陰界。

小靜唯一能做的，就是用右手緊緊的握住麥克風，奮力的唱著，唱著。把她對這兩個朋友的思念，化成專屬於自己的語言，散佈到每個聽眾的耳中，散佈到每顆空氣粒子中，散佈到建築牆壁每個細微的孔隙中，然後期待有一天，這兩個朋友能聽到，無論他們是在陽世或是陰界。

這就是小靜表達思念的方式，唯一，且最真誠的思念。

4.2 露天演唱賽

陰界，琴與小耗。

「琴姊，這裡就是妳所說的，陽世歌唱比賽攝影棚。」小耗站在電視大樓外，比著前方。「如果妳陽世的朋友有參加歌唱比賽，那一定就在這裡了。」

「太好了。」琴雙手緊握，眼睛忽然一亮。「那我們先來找小靜吧……啊，那裡有人在看報紙！」

「看報紙？」小耗還沒搞懂琴的動機，琴已經三步併作兩步，跑到了路邊看報紙的陽世阿伯背後。

「這場歌唱比賽的收視率好像很好，每次的即時戰況都會被放到報紙的影藝版……有了！」琴站在陽世阿伯的背後，踮起腳尖，很認真的看著。「我看到最近的歌唱比賽戰況了，喔喔。」

「喔？」小耗也跟著擠到了琴的身邊，一起踮高腳尖，想要看清楚阿伯報紙上的內容。這個清晨悠哉在路邊看報紙的阿伯，大概萬萬沒想到背後正有兩隻鬼，努力的和自己搶報紙看吧？

「有了，現在是八強了欸。」琴看到這裡，忽然震動了一下。「小靜，那是小靜的名字！」

「琴姊……」

「太棒了，我就知道這小女孩沒問題的。」琴的眼眶竟然微微濕了，「竟然給她擠進了八強。」

「八強？所以那場歌唱比賽，已經比到最後八個人了嗎？」小耗也是聰明的鬼魂，順著琴的思路，很快就掌握了重點。「那不就是最精彩的時候了？」

「不過，小靜的其他七個對手好像都很厲害。」琴繼續踮著腳尖，努力看著。「報紙還寫，接下來要比露天演唱欸，糟糕啦。」

「露天演唱？」小耗繼續追著琴的思路前進。「妳是說，在野外擺一個擂台，然後唱給路人聽嗎？」

「是啊是啊。」琴擔心得拚命搖頭，「小靜天生害羞，露天演唱是她的死穴啊！什麼時候要比……咦？就是今天？」

「今天？」小耗張大了嘴，「今天？那在哪裡比？」

「好像是抽籤決定的，地點有分，啊……」琴跺腳，因為陽世阿伯翻動了報紙，剛沒看完的影藝版，已經被蓋在下面了。「怎麼辦？小耗？」

「沒辦法看了嗎？不過，我大概懂琴姊妳的意思了，接下來的調查工作，就交給我吧。」小耗退了一步，做出敬禮的動作。

「咦？」

「因為這裡是陰界，所以我們沒辦法管陽世的人怎麼翻報紙，但，我們至少可以管陰界的人怎麼看新聞。」

「管陰界的人怎麼看新聞？」琴不懂。
「當然，陽世的歌，是陰界人的最愛美食之一，如果是歌唱比賽，要在陰界拿到資訊，那真是太容易了。」
「喔？」
「好歹，我也是在陰界混過好幾年的小鬼才啊。」小耗咧開嘴，充滿自信的笑著。「所以，剩下的，就交給我吧，琴姊。」

陽世，小靜。
她坐在臨時搭建的舞台後方，一張鐵凳子上，周圍放著一杯只喝了幾口的礦泉水。
她很緊張，非常緊張。
經過了好幾輪的廝殺，經過了很多運氣與歌唱技巧的高低起伏，竟然讓她走到了八強。
但就在這裡，歌唱比賽的主辦單位卻出了一個難題給所有的參賽者，那就是即席的露天演唱。
小靜記得，主持人是這樣說的：「你們知道現在出唱片已經賺不了多少錢，在網路和MP3橫行的年代，以前動輒百萬銷售的年代早已過去，只要賣到十萬就可以當銷售冠軍了。
「現在的歌手要成功，就要靠現場演唱的功力，透過演唱會提升自己的知名度，然後拍廣告、拍電影；歌唱得好，反而變成一種宣傳，只是這種宣傳已經不能當飯吃了。

「於是，我們用心良苦，設計了這場比賽，露天即席演唱。」主持人能言善道，連為了節目效果都可以說成是苦口婆心的設計，「我們挑選了四組地點，讓各位抽籤，然後評分標準嘛……

「既然是即席露天演唱，除了評審的專業計分以外，我們還加上了現場路人的評分，以及場子的熱情程度。」主持人說到這，微微一頓。「當然，我們不反對你們去找幫手來替你們加油，畢竟，號召力也是歌手的實力之一，你能號召千人替你助陣，將來真的當歌手，自然就有千人挺你。」

「好啦，說了一堆繁瑣的規則，我們廢話不多說，現在就來抽籤吧！」

四個地點，八個參賽者，表示兩人一組，要在同一個場地演唱。

「兩人一組，超討厭的。」排隊抽籤時，蓉蓉的聲音從小靜的背後傳來。「妳不覺得嗎？小靜。」

「哪裡討厭？」小靜不解。

「因為這根本就像是分組PK啊，同一個場子，唱得好不好、場子熱不熱，一比就知道，更何況露天演唱狀況難料，如果其中一方的歌迷很強勢，搞不好會故意擾亂對方唱歌，情況就很複雜了。」蓉蓉戳了戳小靜，「妳都沒想到吼，這主辦單位的心機很深的。」

「真的啊？」小靜嘴巴微張，「我都沒想到欸。」

「所以這場比賽，比的是臨場表現，比的是面對陌生人的勇氣，還比雙方的歌迷實力啊。」蓉蓉雙手合掌，「拜託，我想和妳一組，別讓我抽到臭屁王……」

「臭屁王……蓉蓉，妳幹嘛叫他這麼難聽的名字啊。」小靜忍不住笑了，「他叫做周壁陽。」

「周壁陽又怎麼樣，不過唱歌好聽一點點，跳舞跳得好一點點，長得帥一點點，就這麼臭屁？」說到這，前面一個人已經抽完了籤，而小靜和蓉蓉同時往前跨進了一步。

這個周壁陽，是冠軍呼聲最高的人之一，同時也是網路上的人氣前三名。

「他沒有臭屁啊，而且那些特質，剛好就是當明星的料。」

「錯錯錯，當明星的重點，是特色。」蓉蓉搖了搖手指，「特別醜、特別帥、特別搞笑，特別會拖稿的作者，都會成為特色，像臭屁王這樣的人，什麼都好，就是什麼都不好。」

「呵呵，如果是我，我最不想和阿皮一組。」小靜想了一下。

「阿皮？」蓉蓉一愣，「為什麼？」

「我也不知道，但我老覺得，如果和他一組，會被擾亂。」小靜說完，像是想到了什麼急忙解釋。「我不是說他故意擾亂我，而是他的唱歌方式，會影響到我，我也說不上來……」

「喔，聽妳這樣講，阿皮的歌，是真的很有渲染力。」蓉蓉聽懂了，阿皮是原住民，有著天生的好嗓音，那是屬於自然的歌聲，彷彿在蜿蜒崎嶇的山徑、在空曠無人的原野，突然吹過了一陣強勁的涼風，阿皮的歌聲就是這樣的感覺。

「但是小靜，有句話可能不中聽，但我必須說。」

「說啊。」眼前又一個人抽完了籤，小靜又往前走了一步，再一個人就輪到小靜了。

「說起渲染力，其實妳比阿皮還令人討厭欸。」

「啊？」

「聽過妳的歌，就會被妳歌聲裡的東西吸引，進而被渲染，一不小心自己的步調就會錯亂，唱出亂七八糟的歌，妳沒發現嗎？一路比下來，被淘汰的人，常常就是跟在妳後面的那個參賽者。」蓉蓉微笑，「妳快變成魔咒了。」

「真的嗎？」小靜訝異。「有這件事嗎？」

「對啊，我猜，如果以渲染力來比，」蓉蓉笑。「阿皮搞不好比妳還怕……跟妳分在一組呢！」

「那……」

「放心，我個人是很喜歡妳的渲染，」蓉蓉一笑，「被妳渲染之後，我常會唱出超級高分哩。」

接著，小靜前面的人也抽完了籤，那個人剛好就是阿皮。

阿皮手上的籤，隱約寫著，「D百貨公司。」

「換我抽籤了。」小靜把手伸進了抽籤箱，然後用力拔出，「拜託，不要是校園，不要是……啊？」

這時，蓉蓉的臉湊了過來，然後，她的嘴巴也因為驚訝而微微張開了。

陰界，琴與小耗。

「問到了問到了，琴姊。」小耗拿著一張紙，跑到了琴的面前，喘了幾口氣，才開始說話。「關於四個場地，分別是A校園，B商圈，C唱片行，D百貨公司。」

「太厲害了。」琴露出讚嘆的表情，接過了那張紙，但她不禁揉了揉眼睛，是錯覺嗎？為什麼紙上有血跡？小耗到底是怎麼問到答案的？

不過，琴沒打算問，因為她知道在陰界解決事情的方法，往往都只有一個，那就是暴力！

「妳擔心的那個學妹，小靜嘛，她在A組。」小耗微笑，「A組是校園，而且和她同一組的人……」

「是誰？」

「是一個叫做周壁陽的參賽者。」

陽世，小靜。

她坐在比賽的後台，光是後台，就可以感覺到舞台外，那人群洶湧的歌迷潮流，這潮流，當然不是為了她而來，而是為了她的對手。

周壁陽。

周壁陽歌聲不錯、長得不錯，談吐得宜，又懂得經營歌迷，讓他成為這場歌唱比賽的人氣王。

而且這場比賽是在校園，校園，根本就是周壁陽的老巢，因為會喜歡周壁陽歌聲的人，全部都是未進社會的少女，也就是校園裡的女學生。

當小靜抽到了周壁陽，她甚至可以感覺到其他參賽者露出同情的眼神，除了兩個人以外。

一個當然是蓉蓉，她握住小靜的手，堅定的說：「拿出實力，妳只要拿出實力，肯定過得了這一關。」

另一個則是小靜最怕的對手，阿皮。

阿皮的眼神中同樣露出了憐憫，只是這憐憫的眼神卻不是投向小靜，而是周壁陽。

只是，小靜卻不像他們那麼有信心，她發現，光是坐在後台的椅子上，都讓她害怕得全身發抖。

幸好，這是露天場，所以小靜可以帶自己的貓，小虎。

小虎，這隻半夜出現在小靜門外的野貓，正懶洋洋的躺在小靜的膝蓋上，呼嚕嚕的睡著。

偶爾半睜眼睛，細長的貓眼中，陡然射出無人察覺的凜冽光芒，然後又閉上，繼續呼嚕嚕的睡著。

小靜默記著自己等會兒要唱的歌，然後聽著舞台外，助理主持人正在簡介比賽規則。

「這次會有兩名參賽者，兩人各唱三首，交叉演唱。」助理主持人說，「當演唱結束，請所有的觀眾進行歡呼，歡呼聲最大的會拿到較高的分數，現在……就請我們歡迎第一位參賽者……！」

周壁陽三個字一出，群眾立刻響起瘋狂的歡呼聲，歡呼聲久久不絕，直到周壁陽站定，用他帥氣的聲音向所有人打招呼。

然後，奏樂一起，周壁陽的第一首歌，也透過喇叭，跟著傳遞了出來。

陰界，琴與小耗。

「這男生是誰啊？好會耍帥。」琴和小耗坐在人群最後方的草坪上，一個極佳的觀賞角度。

「琴姊，這男生好像叫做周壁陽，聽其他陰魂說，他可是這次八強的熱門冠軍人選。」

「喔，這參賽者除了那張臉帥了點，其他的部分好像還好嘛。」琴雙手捧著下巴，「看起來挺草包的，一定不會是我們家小靜的對手吧？」

「呵呵，誰強誰弱，等一下比賽就會知道了，從陰魂的角度來聽歌，最準了。」小耗一笑，「等會兒一開始唱歌，就會有越來越多的陰魂聚集過來了。」

「越來越多的陰魂？」琴歪著頭，的確，周圍的陰魂數目開始激增了。

這些陰魂，藏在拿著牌子歡呼、搖著加油棒，激動到快要哭的陽世女歌迷之間。陰魂們引頸企盼，看起來不像是要來聽歌，反而像是來等待美食的。

「為什麼陰魂喜歡音樂啊？」琴問。

「因為好音樂，一如美酒。」

「美酒？」琴還沒能完全理解小耗的意思，前方的舞台，那個叫做周壁陽的參賽者，一甩帥氣的臉龐，開始了他的第一首歌。

第一首來的，是快歌，更是一首經典的快歌，來自永遠的搖滾之王，哈林的〈我最搖擺〉。

這首歌旋律輕快有力，歌詞簡單熱情，一瞬間，就將群眾的情緒給帶了起來，只見滿場的歌迷隨著歌曲用力搖擺著手上的加油棒，興奮之情溢於言表。

而陰界這邊，琴則突然懂了，為何小耗把音樂稱作美酒了。

因為，音樂真如美酒，隨著周壁陽的歌聲，化成點點的音子泡泡，飄散了出來。在被重節奏吸引，而隨意搖擺的陽世人群中，陰魂們迫不及待的伸出他們的雙手，想要撈住空氣中的音子泡泡。

不少人一撈住音子泡泡，就露出飢渴貪婪的表情，捧住了泡泡，然後閉著眼，用力啜吸了起來。

「不錯。」一個陰魂露出笑容。「算不錯。」

「是啊。」另一個陰魂吸完了一顆音子泡泡，「還可以，味道稍嫌不醇，但也算能入口了。」

同時間，一群音子泡泡飛到了琴的面前，她雙手一撈，撈住了其中一顆。

「喝啊，琴姊。」小耗鼓勵道。

「嗯。」琴屏氣，然後用力吸了一口，這秒鐘，她忍不住閉上了眼，啊，這就是音樂的味道嗎？

哈林的〈我最搖擺〉中，那熱情、那輕快，那令人禁不住想要起身跳舞的振奮，全部化成了舌尖點滴的美酒，流入了咽喉，進而流入四肢百骸之中。

「好喝嗎？」小耗已經喝了兩顆音子泡泡，微笑的看著琴。「琴姊。」

「好喝。」

「這周壁陽的歌聲，帥氣輕快有餘，但深度略顯不足。」小耗微笑，「相信我，還有更好喝的，好喝百倍以上的。」

「好喝的，像誰？」

「陽世一個叫做鐵姑的歌手不錯。」小耗笑，「她的音子，已經接近收藏家級的美酒了。」

「那我的學妹，小靜……」

「她？我不知道。但這位歌手到底有幾分斤兩……」小耗的眼神注視著舞台，周壁陽這首歌已經逼近完成，眼看就要換下一位參賽者。「我們陰魂一喝就知道啊。」

陽世，小靜。

周壁陽的第一首歌落幕，整場觀眾隨著熱力的節奏而瘋狂，而周壁陽則擺出一個帥氣的鞠躬，然後踏著得意的步伐離開了舞台。

接著，終於換到了小靜。

只見她才站上舞台，剛剛瘋狂的氣氛馬上冷卻，原本那些支持周壁陽的年輕少女們，垂下了手上的加油棒，露出竊竊私語的不屑表情，甚至有幾個女歌迷當場噓了幾聲。

小靜雙手緊握著麥克風，手指顫抖且冰涼，雖然在比賽前，蓉蓉就不斷耳提面命道：「小靜，妳的對手如果是臭屁王，妳真的要小心！」

「小心？」

「這男生不只是會耍帥而已，其實心機很重。」蓉蓉面色凝重的說，「很多參賽者在比賽前會接到奇怪的騷擾電話，有人說，都是臭屁王搞的鬼。」

「真的嗎？」

「一旦到了露天比賽，歌迷可以自己找，我怕他的惡劣手段會如魚得水，恐怕會讓妳唱不下去。」蓉蓉說，「妳要小心，更重要的是，心要定，還記得 Pub 上妳是怎麼唱那首〈玫瑰玫瑰我愛你〉的嗎？這樣就對了。」

「嗯。」小靜只能點頭，她知道自己該把心定下來，專心唱完三首歌。

但，她一站上舞台，卻發現自己再度感到手腳冰冷，尤其是眼前的群眾不斷發出噓聲，更用冷笑的表情凝視著她，更讓小靜的心全慌了。

心一慌，喉嚨跟著鎖緊，原本該表現出來的實力，就全亂了。

「滾下來，醜女人。」一個歌迷開始喊。

「醜女人，妳不是周帥的對手，快滾吧，退出比賽吧！」另一個女歌迷也放聲喊。

在這些吵雜的怒罵聲中，前奏響起，那是〈最熟悉的陌生人〉的前奏，這首帶著些許憂鬱但又節奏明確的歌曲，是天后蕭亞軒早期的成名曲之一。

同時擁有飽滿情緒和細柔情感，是小靜特地挑來當開頭的第一首歌，因為小靜的歌聲柔婉清亮，大舞台上的動感歌曲，不是她的強項，所以和蓉蓉討論後，才決定選了這首歌。

但，小靜卻唱得荒腔走板。

也許沒有走音，也許沒有忘詞，卻因為眼前周壁陽歌迷製造出來的壓力，讓小靜彷彿只是一台提詞機，亂七八糟的唱完之後，就倉皇下台。

當小靜落荒下台，在歌迷震動大地的歡呼聲中，周壁陽再度上台。

他，笑得帥氣、笑得開心，因為他知道，他贏定了。

第二首歌，他帶來的是經典英文歌，一首極度適合狂舞的歌，〈熱舞十七〉。

而且更讓周壁陽驚喜的是，他發現了歌迷的後方，有一個熟悉的沉穩身影，強哥。

在評審中居於領導地位的資深音樂人，強哥，竟然選中了這個場地，進行直接觀賞？

周壁陽笑得好開心，跳起舞來更賣力了。

「沒想到我的魅力不只是少女啊，連強哥這種老音樂人都欣賞我？」周壁陽盡情擺動熱臀，引得下面女歌迷忘情尖叫。「看樣子我不只贏定這場，以後在音樂界肯定是大放異彩，新的天王啊！」

陰界，琴和小耗。

小靜唱起這首〈最熟悉的陌生人〉時，沒有音子泡泡。

「沒有音子？」琴訝異，看著旁邊的小耗，「小耗，這樣正常嗎？」

「不太正常欸。」小耗緊皺著眉，歪頭。「一般就算唱得再爛，也會浮出幾顆音子，頂多就是賣相不佳、味道不好，怎麼會連音子都沒有？」

「所以……」琴嘆氣。「是不是因為小靜太緊張了？唱得不太好？」

「應該不會這樣哩。」小耗想了半天，還是搖頭。

所有的陰魂都露出相同訝異的表情，但包含了琴，都沒有發現一件事，小靜的歌聲的確沒有音子泡泡，但陰界的地板，卻因為這首歌而潮濕了。

這是音之水，只是能量實在太弱，弱到只能讓地板微微濕潤，甚至連一個陰魂都沒有發現。

「氣死了。」琴握拳，「這個周壁陽真討厭，乾脆改名叫做臭屁王好了。」
「哈哈，臭屁王這綽號取得真好。」小耗笑。
「嗯，我合理懷疑，這些歌迷根本就是他找來的，更是他刻意擾亂小靜唱歌的！」琴咬牙。
「小耗，我們有辦法把這些歌迷都打暈嗎？」
「打暈？琴姊，妳果然越來越『陰界』了，思考邏輯越來越暴力……不過，沒辦法欸，」小耗苦笑，「陰陽兩隔，我們陰界的人不可侵犯陽世子民，不然是重罪！」
「喔。」這道理琴當然懂，她只是看不過去，這個臭屁王幹嘛一直欺負我們家小靜啊。
「啊，那個臭屁王要唱歌了。」
「嗯。」
舞台上，響起快節奏的舞曲，從瘋狂的人群歡呼中，一躍而出的，正是臭屁王，不，周壁陽選手。
他瘦長的身形，在節奏中盡情展現熱舞，拚命甩動他的屁股，彷彿一個吃錯了藥的瑞奇馬汀。
「真討厭，舞是跳得還可以，但欺負我家們的小靜，就不可原諒。」琴雙手托住下巴，而舞台上的音子泡泡也隨著節奏，飄散了出來。
仔細看去，周壁陽的泡泡算是相當漂亮，泡泡上旋轉著十幾種誘人的色彩，這些色彩中多半是絢麗的亮色系，有些泡泡上還有他帥氣的影子。
只是，當陰魂們撈住了音子泡泡，用力一吸，表情卻多半是「喔，就這樣啊……」有些索然無味。

「沒有料。」小耗又喝了一顆音子，隨即搖頭。「外表很漂亮，但只要一喝，就知道深度不足，充其量只是普通的酒，而非醇酒。」

「對啊，第一次喝還沒發現，但第二次喝，就可以感覺到味道不夠深厚。」琴也喝了第二口，「只有視覺而已。」

「嗯。」

「小靜，學姊相信妳的音子，相信妳的歌聲。」琴仰著頭，注視著舞台。「妳的歌聲，我聽了三年，整整三年，每次都能震動我內心的溫暖與寧靜，一定不會輸的，不會輸給這個虛有其表的臭屁王。」

臭屁王這首〈熱舞十七〉接近尾聲，全場少女歌迷已經尖叫到喉嚨沙啞。

而當歌曲結束，短暫的數十秒暫停，助理主持人說了一些簡單的過場話，眼看，小靜的第二場就要上來了。

旋律，開始。

「通常歌手們選歌，會分為三段，一開始的熱場，會選節奏感較強的歌；第二段是主歌，會選最拿手的歌，充分展現自己的特色；最後是收尾，通常會選歌曲較悠長的，期待能餘韻猶存。」小耗不愧是聰明的小孩，精闢的分析出三首歌的佈局。「臭屁王的做法就很標準，第一首先以哈林的〈我最搖擺〉開始，後來的〈熱舞十七〉展現自己的舞台魅力，第三首，應該會是比較慢的歌吧。」

「嗯，那小靜第一首歌選〈最熟悉的陌生人〉，也算是對的囉？」

「是啊，這首歌節奏性強，當開場也不錯。」小耗笑，「但第一首歌有點搞砸，第二首歌得要證明自己的實力，所以應該會挑清亮優雅的吧。」

「挑清亮優雅的歌來證明自己？」琴單手托著下巴，「我怎麼覺得，我認識的學妹，不是這樣的人哩。」

「啊？」

「小靜她啊，」琴的嘴角漾起微笑，而且越漾越大，「其實是一個超拗的人。」

「拗？」

「如果不拗，她怎麼能堅持著夢想，堅持到現在？」

「拗……聽不懂欸，琴姊。」

「呵呵，等著看吧。」琴笑得好開心。「我知道的學妹，從哪裡跌倒，就會從哪裡站起來。」

從哪裡跌倒，就從哪裡站起來？

小耗皺眉，然後舞台上的旋律響起，小耗身軀一顫，這旋律，怎麼那麼熟悉？熟悉到……十分鐘前才聽過？

「對不起，第二首歌，我臨時更改了歌單。」小靜雙手緊握著麥克風，然後，她抬著頭，勇敢面對數百名對她非常不友善的少女歌迷。「我想要再唱一次……〈最熟悉的陌生人〉！」

我想要再唱一次……〈最熟悉的陌生人〉！

陽世，小靜。

聽到小靜宣布三首歌中的第二首歌，竟然挑選了剛剛幾乎失敗的〈最熟悉的陌生人〉，全場登時譁然。

「不怕死欸。」女歌迷議論紛紛，「這參賽者真的不怕死欸。」

「對啊，如果還唱不好，我們就把水瓶丟上去吧！」另一個歌迷這樣提議，並扭了扭手腕，一副要站上大聯盟投手丘的模樣。

「丟她的腦袋？」

「不，我想丟她的嘴巴。」

「那她的肚子是我的。」

「我來廢了她的雙腳。」

這些歌迷目露凶光，殺氣騰騰，一剎那間讓人搞不清楚，究竟這裡是和平的陽世？還是暴力的陰界？

這些瘋狂的歌迷之中，有一個人仍保持冷靜，他眼中透露著銳利的光芒，摸著下巴那撮小鬍子，露出詭異的笑。

這個人，年紀不是少女，而是老頭，更是一個音樂界厲害的老頭，強哥。

「這麼勇敢?」強哥嘴裡叼著菸，笑著。「妳可知道重唱一首歌，如果失敗了，下場是什麼嗎?」

小靜知道嗎?她當然知道。

她為了這個夢想，經歷了多少辛苦，吃了多少苦頭，她當然知道這一場比賽的重要，當然知道任性之後的下場。

但她卻選擇了同一首歌，因為，她夠拗，也因為她夠拗，才能支撐夢想，走到現在。不拗，她就不是小靜了啊。

然後，前奏逐漸上揚，終於，到了小靜開口唱歌時候。

她唱了，閉上眼，彷彿世界化成一座孤島，孤島上只有她自己，她盡情的唱了。

「只怪我們愛得那麼洶湧，愛得那麼深……」

這一秒鐘，在後台椅子上，始終半睡半醒的小虎，慢慢的睜開了銳利的貓眼，喵了一聲，似乎在笑，然後又閉上了眼，回到了夢鄉。

陰界，琴和小耗。

「這是什麼?」琴睜大了眼，轉過頭，想要向小耗確認眼前的情況。

但一轉頭，她赫然發現，小耗的表情竟然和她一樣驚異。

「這是什麼？」小耗嘴裡喃喃自語，「為什麼，又沒有音子泡泡？」

「我覺得這次，小靜唱得不錯啊。」琴困惑，突然感受到腳邊微微有著涼意，她一低頭，發現腳踝邊，不知從何時開始氤氳起暖暖的水氣。

水氣微暖，更透著宛如琥珀般晶瑩的顏色，而就在小耗與陰魂們都感到莫名其妙之際，琴卻彎下了腰，用雙手掬起了水氣。

水氣從琴的指尖中流洩，而琴則趁機低頭，將臉埋入了水氣之中。

然後下一秒，琴笑了。

「好醇的酒香。」琴閉著眼，彷彿剛剛打開了超過五十年的紅酒木桶，然後將鼻子湊近了桶邊。「好醇好醇喔。」

濃厚酒香在這一秒鐘，大大滿足了鼻尖每個細微的嗅覺分子。

看見琴的動作與表情，小耗也把臉湊到了腳邊的水氣中，這一秒鐘，他深深的、深深的吸了一口氣。

然後，他露出了幸福的笑容。

「雖然嚐不到味道，但這氣味好香，肯定是好酒啊。」

琴與小耗接二連三的稱讚，引起了其他陰魂的注意，他們紛紛低下頭去，嗅著地面水氣的味道。

然後，一個又一個笑容，在陰魂的臉上，舒展開來。

「好好聞喔。」

「這是真的酒香。」

「這首歌的原唱歌手，就是這樣的味道。」

「這水氣到底哪來的？」也有陰魂開始詢問。「難道是台上……那個女孩？」

「是嗎？沒有音子泡泡，而是水氣？」一個陰魂敲了敲腦袋，「我認識的強者我同學，好像說過，最近某家Pub似乎發生過類似的事，不過後來那間Pub的陰魂遭到了大屠殺，沒有活口，所以沒人知道是不是真的……」

「既然是大屠殺，既然沒有活口，你又為什麼會知道？」旁邊的陰魂湊上來問。

「就說是強者我同學講的啊。」剛剛敲腦袋的陰魂聳聳肩，「無所不知、無所不能的強者我同學啊。」

「算了，不過這水氣香到像酒，但，好像不太過癮……」陰魂舔了舔嘴唇，「因為啥都沒喝到。」

「對啊，好像不太過癮。」另一個陰魂說，「聞得到喝不到，這樣的歌還是不行啊。」

舞台上，小靜的歌曲逼近終了，底下的歌迷似乎被她第二次唱歌的水準震懾，遲遲沒有人出聲干擾。

但是當小靜唱完，卻也沒有得到掌聲。

底下的歌迷只是靜默，因為小靜的歌聲並沒有真正的折服了她們，畢竟，她們原本就是被周壁陽這樣的歌聲給吸引來的類型，甚至是周壁陽特地安插進來的打手，小靜就算將〈最熟悉的陌生人〉這首歌原汁原味唱得淋漓盡致，也打動不了這群人的心弦。

「只是唱得很像原唱嘛，」一個女歌迷率先發聲，「這種模仿，我也會。」

「別說妳會，電視上綜藝節目都有，我想聽模仿，看電視就有了。」另一個歌迷這樣說。

「對啊，有點無聊，」一個歌迷咂了咂舌頭。

「還是我們周帥厲害。」這是一個歌迷說的，然後所有的歌迷一起點頭。

「還是周帥比較帥！」所有歌迷一起大喊。

「周帥，我們愛你！」

沒有得到半點掌聲，沒有獲得任何一雙認同的眼神，小靜走下舞台時，感到腳步有些虛浮。

怎麼會這樣？

「我已經盡了全力，我已經把剛才情感不足的地方全部都填滿了，我已經將原唱者那種無奈與悲戚都詮釋出來了，為什麼？為什麼底下的歌迷完全不感動？到底發生了什麼事？」

小靜越走越虛浮，忽然，眼前出現了一個帥氣高挑的男子身影

周壁陽？

「小靜，告訴妳一件事……」周壁陽先是帥氣一笑，然後在小靜耳邊輕輕的說，「強哥在觀眾群裡面。」

「強哥……」

「我想，妳剛唱得這麼爛，強哥都聽到了，回到攝影棚，妳就準備被強哥批評到死吧！」

「你……你是什麼意思？」

「我只是告訴妳，妳的第三首歌不用唱了，因為妳已經沒救了。」周壁陽詭異的笑著。「乾脆退出怎麼樣？然後加入我的歌友會，我會給妳特別優待，簽名的時候，多讓妳握十秒的手，怎麼樣？」

「你！」小靜的眼睛睜得更大。

「妳沒機會啦，因為妳的爛表現，強哥都聽到了。」周壁陽邁步踏向舞台，一個帥氣的甩頭，「沒人會罩妳了，妳死定了，哈哈。」

周壁陽站上舞台，原本死寂的歌迷群，立刻爆發歡呼。徒留下小靜一個人愣愣的站在後台。

強哥剛剛都聽到了？雙人合唱時，因為強哥和鐵姑兩人聯手，自己才勉強留下，而小靜剛剛的表現，強哥都親眼目睹了？

連舞台下歌迷的冷漠，強哥都看到了？

此刻，小靜雙手摀住了臉，她好想哭，怎麼辦？她該怎麼辦？為什麼自己已經盡了力，但歌迷就是不喜歡？第三首歌，真的要棄權嗎？

她，是不是徹底的輸了？

「學姊，柏，」小靜把臉埋在雙手中，沮喪到幾乎要哭出來。「如果你們其中一個在就好了，為什麼在這時候，我卻連一個人都找不到？為什麼？」

然後就在這時候，小靜突然感覺腳邊有奇異的觸感，她低下頭，看見了那隻有著虎斑條紋的小貓，小虎。

「小虎，」小靜蹲下，抱住了小虎，「你告訴我，我該怎麼辦？第三首歌，我該怎麼唱？」

小虎當然沒有辦法回答，但牠的眼神卻緩緩的在舞台後方滑移，然後定在一個地方。

喵。

瞬間，一個彷彿微笑的神情，竟從牠的眼中一閃而過。

4.3 第三首歌

陰界，琴與小耗。

「小靜的狀況怪怪的。」琴歪著頭。

「嗯，琴姊，妳是說……」

「剛剛小靜其實唱得不錯，已經逼近了原唱者的程度，」琴注視著前方的舞台和歌迷，「但她卻沒有獲得半點掌聲，小靜恐怕遭受到了不小的挫折。」

「嗯，對啊，她唱得不錯，雖然沒有音子，但已經出現了香濃的水氣。」小耗說著，「不過我大概能理解，為什麼無法感動聽眾。」

「為什麼？」

「第一，這些聽眾顯然是那個什麼臭屁王找來的，要感動他們，基本上就難如登天；第二……」

「第二是什麼？」

「為什麼是水氣，而不是真正的酒？」小耗再次聞了一下殘留在掌心的酒香，「因為她雖然唱出了這首歌的氣味，卻沒有賦予這首歌靈魂。」

「靈魂……」琴歪著頭，看著小耗。

「對，」小耗微笑，「簡單來說，她還沒有把這首歌，變成自己的歌。」

「我懂了。」琴突然起身。

「幹嘛?琴姊?」小耗訝異的看著琴。

「我要去後台找她。」

「等等,琴姊,妳知道陰魂們對歌曲有著接近瘋狂的執念,妳一旦干擾了演唱者,恐怕會引起現場暴動,陰魂肯定會對妳……」

「小耗,」琴對小耗微微一笑,「你說過,我可能是三大黑幫領導者之一的武曲,對吧?」

「是。」

「武曲,會怕這種事嗎?」琴微笑,「這種被群眾圍毆的事。」

「……」小耗沒有說話,只是看著琴,然後嘴角無法控制的,慢慢揚起。

「就算武曲沒有了道行,」琴的微笑也越來越開,「她會怕嗎?」

「不怕。」小耗笑了,帶著懷念氣息的笑了。「如果真的是傳說中的那個武曲,那個能率領千軍萬馬和政府決戰的武曲,肯定不怕。」

「那就對啦。」琴邁開步伐往前奔去,「如果武曲都不怕,那我又有什麼好怕的?」

「嗯。」小耗看著琴奔向後台的背影,他嘴角微笑,內心卻震盪著。

因為他彷彿見到了,當年那個身穿白色戰甲,長髮飄逸,手握雷弦之弓,戰場上的女武神,武曲。

那個讓敵人深深畏懼,又忍不住深深迷戀的美麗身影。

十四主星之一，武曲。

這裡還是陰界，琴奔跑著，一會兒就跑到了舞台後方，然後她看見了小靜。

一瞬間，琴發現自己的腳步，竟然微微遲疑了。

非關情愫，非關疑惑，而是看見故人時，那內心突然湧現的記憶，拖慢了琴的步伐。

這個小靜，佔滿了琴大學生活一半的記憶，屬於小小宿舍房間的那一半；半夜違規煮火鍋，半夜和男生夜遊，一起討論自己喜歡的男生，一起熬夜弄考古題，一起夜唱，一起，一起一起……

好多個一起，也好多共同的回憶，但如今，琴已經站在陰界，而小靜卻留在陽世。

她們已經天人永隔，琴已經與自己最熟悉的陽世，永遠的天人分隔。

短暫的遲疑後，琴急忙又打起精神，不行，小靜現在狀況不好，學姊要幫忙，不可以沉浸在回憶中。

只是，要怎麼幫忙？

她是鬼，小靜是人，鬼該怎麼幫人呢？

琴往前邁了一步，站在雙手摀住臉的小靜前方，苦苦思索著。

直到，她發現了小靜懷中的那一雙眼睛，優雅而神秘的眼睛，正看著自己。

貓？

小靜有養貓？

「喵。」這隻擁有虎斑的貓，對著自己喵了一聲。

「貓咪，你看得到我，對不對？」琴蹲下，對著面前小虎的眼睛。

貓咪整個身體都藏在小靜的懷中，琴無法分辨這隻貓鬍子的顏色，但隱約可見牠有貓鬍，而且顏色似乎不是黑色或白色……但琴管不了這麼多了，這裡出現了貓，就表示事情有了轉機。

貓咪眨了一下眼睛，表示聽到了琴的話。

「好，貓咪，我是小靜的學姊，我不是壞人，」琴很認真的對著貓咪說話，「關於小靜的第三首歌，我想要幫忙，可以嗎？」

貓咪再次眨了一下眼睛，表示聽懂。

「那很好。」琴一笑，「但我沒辦法和小靜直接說話，你有辦法嗎？」

貓咪眼睛瞇起，似乎在思考，然後又喵了一聲。

這一聲喵，和剛才那種單純的喵叫不同，竟帶了一點抑揚頓挫，是旋律，貓叫中有了旋律。

琴何等聰明，一聽到貓咪的叫聲，立刻就懂了。

「你要我唱歌？」

貓咪的眼睛又眨了下，表示同意。

「唱歌的話，小靜就能聽到嗎？」琴咬了咬牙，初到陰界時，她曾經透過歌聲與爸爸合唱，但，那時她和爸爸心意相通，現在的狀況真的可以嗎？

貓咪再眨了一次眼睛，催促著琴。

「嗯，那我唱了。」琴閉上眼，她開始唱歌了。

基於本能，琴再次唱起了這首貫穿整個比賽的重要歌曲，〈最熟悉的陌生人〉。

琴會不會唱歌？會，她會唱歌，只是她的歌聲很平凡，沒有接受過訓練，沒有驚人的音色特質，但她卻唱得很努力。

而且她想要把自己的想法，告訴小靜，「下一首歌，妳必須唱出自己」，琴將這樣的念頭放到了歌曲之中，因為她沒有辦法透過語言，甚至連歌聲能不能真的穿透到陽世，琴都不知道。

但，她仍認真的唱著，用盡全力，認真無比的唱著。

有好幾個音，琴選擇了與原唱不同的唱法，她選了自己喜歡的轉音，她想要告訴小靜，妳第二次唱得很棒，但妳只是重現原唱的唱法，妳必須賦予歌曲靈魂。

那個靈魂，只有妳自己有。

妳才是靈魂，妳自己才是歌曲的靈魂。

妳該唱出來的，不是酒氣，而是真正的醇酒。

然後，當琴在小靜面前，奮力演唱的同時，那雙藏在小靜懷中的眼睛，慢慢的瞇了起來。

越是瞇，眼中射出的能量就越強，越強，越來越強！

這一秒鐘，閉著眼唱歌的琴沒有看到，這隻貓展現了牠的真身，那長達數公尺，美麗如天邊雲彩，燦爛如午後陽光的金色貓鬍，在空中盡情舞動著。

貓鬍包圍了琴，包圍了琴的歌聲，更包圍了小靜。

貓，這種陰界最尊貴的生物，最能自在穿越陽世與陰界的神秘陰獸，正展現牠超乎想像的能力。

牠讓歌聲，穿越了永恆悲傷的陰陽兩隔，來到了一雙小巧的耳朵裡。

那小巧的耳朵主人，就是小靜。

陽世，小靜。

「剛剛，」小靜突然昂起頭，透亮的眼珠，慢慢浮出水光，「我聽到了誰的聲音？」

喵。

「小虎，剛剛是你在唱歌嗎？」小靜眼中的水光顫動著。「為什麼我好像聽到了，聽到了，聽到了……琴學姊的歌聲？」

喵。

「她也在唱〈最熟悉的陌生人〉，」小靜吸了一口氣，像是在享受，「但她的歌聲好棒，雖然有些音和原唱不同，但那是她的特色，她獨特的轉音。」

喵。

「小虎，是學姊嗎？還是你？你想告訴我什麼嗎？」小靜閉上了眼，兩行清亮的淚，就這樣流了下來。「告訴我，接下來第三首歌，該怎麼唱？」

同時間，舞台前的節奏漸緩，然後慢慢停住了，這表示周壁陽已經唱完，接下來，輪到小靜了。

「我好像懂了。」小靜擦去眼淚，用力抱了一下小虎。「我好愛你，還有，我好愛學姊喔。」

小靜好像懂了。

懂她的第三首歌，該怎麼唱了。

陰界，琴。

琴回到了小耗身旁，沒有說話。

「要唱歌了。」小耗看了一眼琴。「琴姊，妳剛剛還好嗎？」

「還好。」琴注視著前方的小靜慢慢走上舞台，一隻手，這次只有一隻手，她用力的握住了麥克風。

「還好？」

「我覺得很幸福。」

「嗯？」

「在陰界，」琴微笑，她眼中也浮現了水光，隱隱顫動，「還可以聽到學妹的歌聲。」

「嗯。」

「然後，我知道，」琴微笑，眼中水光傾瀉，流了下來，「這學妹的第三首歌，一定超好聽，不，以陰魂的角度來說，一定超好喝的。」

超好喝的，超級美酒。

第三首歌，還是〈最熟悉的陌生人〉。

歌曲結束，這次，也沒有掌聲。

但小靜卻一點都不在意了，她一個鞠躬，然後大步走向舞台後方。

接著她才知道，並不是沒有掌聲，而是掌聲來得太慢。

當她踏下舞台後方的最後一個階梯，掌聲才像是狂風暴雨般，瘋狂湧現。

理論上，人會因為聽到太過震驚的東西，而短暫的遲疑，越是震驚，遲疑的時間越長。

小靜的歌聲，大大的證明了這個理論。

舞台後方，坐著她的對手，周壁陽。

周壁陽坐在鐵椅上，雙手攤開，嘴巴微張，眼睛看著小靜，久久不說話。

「嗯。」小靜坐回自己的椅子。

「好聽。」周壁陽說了這兩個字。

「謝謝。」

「雖然不甘心，但我懂了。」

「懂什麼？」

「強哥，是為妳而來。」周壁陽笑了一下，這個笑沒有他一貫的帥勁，傻傻的，卻真誠得可愛。「下次，連我……也會為妳而來。」

「謝謝。」

「如果我在妳的歌迷群裡面，」周壁陽繼續真誠的笑著，「妳願意多握我的手十秒嗎？」

「我們會在舞台上一起握手。」小靜認真的說。

「謝謝。」周壁陽笑開。「如果真是這樣，那就太好了。」

這裡還是陽世，歌迷群中，那個名為強哥的男人，拿下墨鏡，搔了搔鬍子。然後他拿起手機，撥通了一個號碼。

「欸，妳也在這裡吧？妳在哪？」強哥語氣淡淡，但卻聽得出是強壓住情緒的冷淡。「鐵姑。」

「你怎麼知道我在？」電話那頭，是鐵姑。

鐵姑也在人群中？她也藏得太好了吧。

「一個可以威脅妳的角色出現，妳怎麼可能缺席？」強哥笑。「妳覺得，這女孩的歌聲怎麼樣？」

「三級風浪吧。」

「喔？」強哥微笑，「才三級？妳好嚴格。」

「當然要嚴格，」鐵姑慢慢的說著，「因為這女孩可是有製造海嘯的潛力啊。」

「呵呵，好大的稱讚！」強哥又笑了。「難得我們有共識。」

「誰和你有共識。」鐵姑冷笑一聲，「不過那個周壁陽還挺好運的。」

「怎麼說？」

「如果他的第三首歌是在三級風浪後面唱，」鐵姑冷笑，「肯定被摧毀了吧。」

「哈哈哈，」強哥大笑，「我知道，但他也是公司重點培育的人物，我不想這麼快讓他離開這舞台。」

「我就知道，你們這些商人，屁！狗屁商人！」鐵姑說完，就掛斷了電話。

強哥拿起電話，看了比賽舞台一眼，那群被小靜歌聲震撼的歌迷，久久不散，似乎還在調整自己的情緒。

然後，強哥收起手機，轉身離去。

「越強的能力，需要越強的心志。」強哥喃喃自語，「妳得要撐下去，這樣大家才有錢賺啊，別像外國那個歌后，明明擁有女帝般的嗓音，最後卻選擇了自我毀滅啊。」

陰界，琴和小秏，加上現場所有的魂魄。

所有人都低下了頭，看著自己的腳邊，因為底下正滿滿蕩漾著琥珀色、香氣濃郁的音子之酒。

「不是泡泡。」小秏低下身子，掬起了滿手的音子酒。「是酒。」

「嗯。」琴也同樣捧起了滿手的酒，然後輕輕啜飲。

這秒鐘，他們都沒有說話。

一如滿場的陰魂，也都安靜無聲一樣。

這樣的安靜，是一種敬意，對美好且充滿震懾力的事物的一種敬意。

「我以為這樣的味道，只會出現在那些名垂千古的歌手演唱中……像是王菲，或是陳奕迅……」其中一個陰魂嘴巴還不敢張得太開，彷彿害怕美味從嘴裡洩漏出去一樣。

「對啊，但這女孩的音子味道又略有不同，沒有那麼世俗，更純淨，」另一個陰魂說道，「喝了這酒，我就不想幹壞事了。」

「對啊，等一下本來要去突擊弱小的新魂，奪取能量，我想今天算了吧，」一個陰魂說，

「還是去捐點能量給『陰甸基金會』好了！」

「真好。」又一個陰魂說，「可以想像這味道背後，一定還有更多複雜的氣味，但目前還沒有出來。嗯，這女孩的歌聲，將來肯定會更上層樓，到時候，這裡應該不是只有淹到小腿的音子酒。」

「也許是超過一層樓的大浪？」

「搞不好是海嘯。」

「海嘯？太誇張了啦。」陰魂們討論到這裡，都笑了。「我想大概連僧幫之主，地藏，都創造不出這樣的能量海嘯吧！」

「總而言之，」陰魂們說，「真是太好喝了，小姑娘，我們以後都會支持妳的！」所有的陰魂都同時舉起手，大喊著小靜聽不到的歡呼。「我們都會支持妳的，要堅持下去啊！」

而另一頭，琴起身，對著還在大喝特喝的小耗說：「走啦。」

「走了？」小耗滿嘴都是美酒，訝異的抬頭。「妳不去後台看一下妳學妹，或者是……」

「不用擔心了。」琴帶著微笑，邁步往前走去。「小靜沒問題了。」

「嗯？」

「她啊，現在的酒也許不夠深邃，但她一定可以的。」琴笑著，「畢竟，我可是聽過她唱歌，聽最多次的人呢。」

小耗點了點頭，拿起大容器，裝了一大瓶美酒。
「這瓶子是我剛剛去搶來的，不過這不是重點，琴姊，那接下來我們該去哪裡呢？」
「回去吧。」琴踏著大步。「我們該回去了。」
「喔？」
「聽到學妹唱這麼棒的歌，我感到熱血沸騰。」琴深吸著氣，「我想要快點……找到武曲下一項的傳說食材啊。」

當歌曲落幕，比賽結束。
八強的淘汰賽中，綜合了現場的表現與專業的評分。
蓉蓉以長年在Pub駐唱的現場經驗，加上溫柔深厚的嗓音，拿到了第一。阿皮則以草原吹過狂風般的渲染歌聲，拿到了第二。周壁陽則以超高人氣拿到了第三。而小靜則靠著最後一場的人氣與強哥力保之下，拿到了第五。
這一次，淘汰了兩個人，其中一個就是阿皮的對手。於是，小靜留下，她的夢想旅行，還在推進。
「謝謝。」攝影棚內，當主持人問她這次比賽的心得，小靜笑得恬靜。「我特別想要謝謝一個人。」

「誰？」

「琴學姊。」小靜把嘴巴湊近了麥克風，「我知道，那場比賽妳有到，就像以前在宿舍時，妳總是聽我唱歌一樣。」

「琴學姊？她現在在現場嗎？要請她上台嗎？」主持人搞不清楚狀況的問。

「不用。」小靜甜笑。「我想，她不會想上台。」

「喔。」

小靜心裡想著嘴裡沒說的是，就算琴學姊上了台，你們也看不到吧？嘻嘻。

第五章・破軍

5.1 再次分隔的情人

陰界，醫院，四周沒有半點光明。

這裡是柏的世界，失去了光明的世界。

藉著回憶起破軍與地藏的決戰，柏毅然將自己的眼睛抹瞎，體悟出了歷代破軍的兩大絕招之一，黑丸，更讓柏從橫財的手下死裡逃生。

但，代價是，柏失去了視力，在這浩瀚而危險的陰界裡，失去了習慣依賴的光明。

柏待在這片黑暗中，周圍是各種聲音、各種氣味，還有風。

他對風的感應能力，似乎又更強了一些。

只是付出自己的眼睛為代價，會不會太慘烈了一點？漫長的陰界歲月中，他會一直處在這樣的黑暗裡嗎？他再也見不到小靜了嗎？那個在快餐車中推門而入的女孩，到底又是誰呢？

想著想著，柏聽到這片黑暗中，傳來了老闆娘的聲音。

「不行，解鈴還需繫鈴人。」老闆娘如此說，「要救小曦，得先救忍耐人，要救忍耐人，則要從這名為小茜的女孩救起。」

此時，老闆娘的聲音已經從小曦和忍耐人的方向，轉而自小茜的病床方向傳來了。

「所以，有請……」老闆娘的聲音陡然昂起，「無情心！」

無情心這三個字一落，柏感覺到，一股強大的風湧起。

這股風能量飽滿，瞬間包圍了垂死的小茜。

「無情心是一個神奇的寶物，能量極強，更有傳言說，此寶物不但能治癒垂死的魂魄，更可將新魂推回陽世。」老闆娘聲音中充滿了讚嘆，「今日一見，果然名不虛傳！」

柏感覺到無情心的風越來越強，越來越強，然後在一瞬間，全部的風都縮了回去，縮小到了極致……

接著，柏聽到了一個自己完全陌生的女音。

「這裡，是，哪裡？」

場景，回到陰界的光明世界。

老闆娘右手握住剛從最無情的老人胸口中，蹦出來的寶物「無情心」，然後用力一捏。

銀色的無情心，宛如水銀般迸裂。

迸裂後的水銀液珠，往下滴到了小茜的胸口。

小茜，這個因為自殺，又被變態鬼卒硬扯到陰界的虛弱魂魄，就這樣吸收了這些水銀般的無情心。

剎那間，無情心強大的能量挹注，讓她殘破的靈魂開始脹大，無限制的脹大，甚至已經脹大到了天花板，全身腫脹的小茜，宛如一隻失控的怪物。

幸好，老闆娘再次展現了第二神醫的功力。

星穴。

老闆娘眼中出現了小茜體內完整的星穴圖，像是夜空的星子排列成各種看似散亂卻隱藏規則的圖形。

「失控的能量啊，全部給我回到魂魄裡面！」老闆娘提氣一喊，快速戳著各個星穴，將能量順著星穴移動，只見每個吃到能量的星穴，輝度立刻增強，順著老闆娘的手勢，宛如一條洶湧的河流，在小茜的體內游動。

河流從頭頂開始，經過了雙目、嘴巴、脖子、雙肩、胸口、腹部，接著從此處繞到了背部，然後兵分兩路，一個順著脊椎往上，一個則走入了下肢。

脊椎兩旁的星穴不斷亮起，最後從雙臂繞回肩膀；下肢的星穴一樣不斷亮著，從腳底回流，最後也回到了肩膀。

在小茜後腦的部位，兩路會合，星穴輝度陡然增強。

她的身軀猛然抖動，接著吐出了長長一口氣，氣很長，但很順，彷彿鬆了一口氣。

這股氣一鬆，原本暴脹的身軀，就縮了幾吋。

「星穴，有進步，我們再走一次。」老闆娘手勢再起，同樣的河流，順著同樣的路徑，再繞了小茜身軀一圈。

當河流最後匯集，小茜又是一陣抖動，一口長氣。但抖動較剛才減弱，氣則更長、更舒緩。

「還不夠，再一次。」老闆娘再咬牙，額頭出現了點點汗珠，雙手的手勢再起。

這一次，小茜的身體只是微微顫動，而氣則更長了。暴脹的身軀又縮了幾吋，更接近正常的體態幾分。

於是，老闆娘硬是將無情心的能量在小茜身體內運轉了六六三十六次，最後，當無情心的能量消耗殆盡，小茜星穴的輝度已經完全恢復正常時，老闆娘輕吐出一句話。

「是該……醒了吧。」

這秒鐘，這個名為小茜的魂魄眼皮顫動兩下，她睜開了眼睛。

在雙眼尚未適應陰界景物之前，她的雙唇，就說出了她畢生的遺憾

「阿華？阿華？是你嗎？」

阿華？柏等人這秒鐘微微一愣，隨即就懂，小茜究竟在呼喚誰了？

忍耐人！阿華，正是忍耐人陽世的名字啊！

而同時間，老闆娘雙手一顫，她轉頭，看見了鐵棺在動，宛如聽到某種刻骨銘心的呼喚，鐵棺猛然顫動。

忍耐人，小茜，這兩個在陽世攜手走過十多個年頭，從國小課桌椅上，劃下第一條粉筆

線開始，經歷過國中的叛逆、高中的疏離、大學各自的情感故事，到沉默的牽手走過當兵前的那段路……然後阿華墜入鍋爐中，小茜悲傷到自殺未遂。

兩個感情不被上天祝福的苦命人，終於要在陰界會合了嗎？

「傻瓜嚕。」一直坐在旁邊，冷眼旁觀的鬼盜橫財，這時候卻冷笑了一聲，「你們以為能救人的無情心，為何叫做無情心？因為它專門拆散陰界有情人啊！」

無情心，專門拆散陰界有情人？

此刻，小茜的身體陡然一動，竟然被往後急扯了過去。

「怎麼？」老闆娘等人驚叫。

「我……」小茜吃驚之餘，往後看去，然後，她看見拉扯她的源頭是什麼了！

竟是她自己？竟然是躺在病床上，陽世的自己？

自己陽世的身軀，像是一股黑色的巨大漩渦，高速轉動著，每轉一圈，小茜的魂魄就這樣無法控制的被往後扯去。

「阿華！」小茜一直被巨大且莫名的力量往後扯，她的手急往前伸，想要抓住什麼……

而鐵棺也在同時劇烈震動，裡面的忍耐人聽到未婚妻的聲音了嗎？他想從鐵棺中出來嗎？可是這具鐵棺何等堅固，豈是他可以輕易打破的？

等了五年的歲月，竟然連對方的一面都沒有見到，就要從此結束了嗎？

「這就是無情心嚕。」橫財這時候還笑得很開心，「救你的命，但得付出陰陽兩隔的代價。」

小茜的雙腳已經陷入了黑色漩渦之中，轉眼就要被自己的身軀吸入，然後重新回到了陽世。

鐵棺狂震，彷彿在大哭大吼，拚命想要掙脫，無奈鐵棺太強，無論怎麼衝擊，都是徒勞無功。

眼看這段感情，又要再次留下遺憾之際，忽然，小茜感到手心一緊。

一隻手，握住了她的手。

這隻手，很大、很粗，佈滿了陽世男人沒有的戰鬥傷痕，而且是一雙小茜陌生的手。

「妳是小茜吧？」那手的主人，眼睛閉著，兩道乾涸的血痕，依然留在臉頰上。「我雖然不認識妳，但我和妳的未婚夫打過架。」

「打過架？」小茜遲疑，但在這雙眼失明的男人手心力量的幫助下，她被拉扯的速度減緩了。

「他是我見過，拳頭最重的人之一，今天看到了妳，我才終於知道，他的拳頭為什麼可以這麼重？」失明的男人一笑，「挨到他的拳頭，還真他媽的痛啊。」

「嗯……」小茜看著這失明的男人，雖然這男人口中說著他與阿華的打鬥，卻莫名的給她一種強烈的信賴感。

這男人，是阿華的朋友。

「所以，」失明的男人右手緊拉著小茜，忽然轉頭，對著鐵棺，深吸了一口氣大喊，「忍耐人！你他媽的還要龜多久！」

鐵棺猛然巨震。

「你那時候一拳打斷我十根肋骨的拳頭呢？你那重到讓我頭皮發麻的拳頭呢？你那承受了千萬次痛苦累積下來的拳頭呢？你那等待了好多年只為自己心愛女孩的拳頭呢？你那讓我打從心裡佩服的拳頭呢？」柏吼著。「你他媽的還不打破鐵棺，給我出來！」

你他媽的還不打破鐵棺，給我出來！

柏的這聲狂吼，帶著君臨天下的威嚴，帶著席捲千軍萬馬的豪氣，更深深震懾住現場每個人。

但就在所有人震懾之餘，一個小小的聲音傳來。

崩。

眾人的耳朵都微微一動，本能的尋找奇妙聲音的來源。

崩。

聲音又大了些。

崩崩。

聲音又更大了些。

崩崩崩。

聲音不只變大，竟然開始連續，就像是玻璃碎裂前，往外延伸的前奏。

崩崩崩崩崩。

聲音終於清楚了，所有的人也終於找到聲音的來源，就在……

「對嘛，這才是差點打死我的拳頭，」柏嘴角揚起，「這才是你的拳頭啊！」

崩！！！！

這秒鐘，崩聲陡然炸開，然後鐵棺也跟著碎裂，紛飛的鐵屑中，柏的面前，多了一個男人。

這男人，外貌樸實，五官平凡，身軀不高卻可見精壯，正挺立在柏的面前。

「好拳。」柏一笑。

「好風。」男人嘴角微微揚起，他的笑，總是帶著一點苦味。

「還你了。」柏側過身，把小茜的手交給了忍耐人，同時，也把來自陽世的強力拉扯力量，還給了忍耐人。

忍耐人一握小茜的手，強大的扯力讓他手臂輕微一晃，身軀卻動也不動。

「看樣子，道行又提升了啊。」柏走到一旁，臉上掛著微笑。「從鐵棺出來，果然不同凡響。」

而忍耐人拉著小茜的手，兩人對望著。

「妳還好嗎？小茜。」忍耐人一邊支撐著不斷提升的拉力，過了數秒，他才開口。

「我還好嗎？」小茜抬頭看著忍耐人，眼眶慢慢的濕了。「不好，當然不好，不好！都是因為你，讓我不好！」

「對不起。」

「別說對不起！我討厭你說對不起！」小茜哭吼著，「為什麼，你為什麼要離開我？為什麼要在我好不容易確定了自己的情感之後，好不容易可以想像我們未來的時候，突然離開我？」

「對不起。」

「為什麼？為什麼？為什麼我們這麼努力、這麼小心，卻敵不過命運？」小茜哭著哭著，最後把臉埋進了忍耐人的胸膛中。「為什麼？」

「對不起。」

「為什麼……」小茜的聲音從忍耐人的胸膛傳出來，「好不容易見了一面，我們又要分開了。」

「對不起。」忍耐人輕聲說。

「我不想回去。」

「小茜。」忍耐人語氣好溫柔。「妳得回去。」

「那我就再死一次。」

「傻瓜，妳再自殺的話，靈魂能量不足，可能連出生的機會都沒有，就會魂飛魄散了。」

「那又怎麼樣？」

「妳還年輕，陽世還有很多事物要體驗。」忍耐人輕輕的說著，「等妳老了，再來陰界好嗎？」

「可是……」

「放心，我會等妳。」

「阿華。」

「我會等妳。」

「……」

「從國小開始，我不是已經等了二十幾年嗎？」忍耐人帶著苦味的笑，再次揚起。「再等個七八十年，我也沒差吧。」

「阿華，」小茜感覺拉扯自己的力量越來越強，就算忍耐人拉得住，自己的身體也已經承受不住這來自兩旁的巨力，快要被撕裂了。

「回去吧。」忍耐人伸出了手，好溫柔的摸著小茜的頭。「妳陽世的故事，還沒結束，那裡還有很多人在等妳，還有很多人生體驗在等妳。」

「阿華……」小茜聽著聽著，慢慢的抬起了頭，「你好成熟喔。」

「嗯？」

「這次，換我長大了。」小茜好溫柔。「我不要你等我了。」

「嗯。」

「等到我從陽世來到陰界，我們重新認識，重新在書桌上劃粉筆線，好不好？」小茜微笑，「這次，換我來找你了。」

「嗯。」忍耐人笑了，這次的笑，沒有苦味。

只有溫柔，很深很深的溫柔。

「那說好，我們再見。」小茜手慢慢的鬆開，同一時間，忍耐人的手也微微的鬆開了。

然後，小茜的手，那纖細柔軟、那曾讓忍耐人日夜駐足等待的女孩的手，那曾讓忍耐人勇敢頑強的手，那曾讓忍耐人等待了一輩子幸福的手……正慢慢的滑出了他的手心。

一點一滴慢慢的滑出了他的手心。

「說好了，我們數十年後再見。」小茜眼眶泛淚，手心一脫離了忍耐人，強大的扯力立刻毫不留情的將她捲入背後的黑色漩渦裡。

「嗯，說好了。」忍耐人微笑。

「……說好了。」小茜身體有一半捲入了漩渦之中，聲音越來越遠。

「說好了。」

「……說好了。」小茜身體已經整個陷入漩渦中，聲音更遠了。

「說好了。」忍耐人沒動，依然笑著。

「……說好了。」小茜聲音遠到幾乎無法聽聞。

「說好了。」

「……」

終於，小茜的聲音消失了，現場，只剩下忍耐人的手還伸著，剛剛鬆開的手心，依然感受著小茜離去時最後的溫度。

然後，忍耐人閉上了眼，輕輕回答了最後一句話。

「我們說好了，等妳陽壽結束，我們在陰界重新認識。」忍耐人眼眶紅了。「從書桌上的粉筆線，我們重新開始。」

從書桌上的粉筆線，我們重新開始。

小茜離去了。

當她的魂魄被捲入黑色漩渦，漩渦立刻縮小，最後帶著她的魂魄，一起進入了她的身體內。

漩渦關閉。同時間，心電圖上，出現了一個微小的突波。

突波顫動，代表著回來了，一個生命，從陰界回來了。

「醫生！」一個正在急救的護士發現了這個突波，「心電圖……」

「心電圖？」正打算脫掉手套，放棄從死神手上搶回生命的醫生，動作微微一頓。

「是啊，心電圖！」護士語氣上揚，難掩激動。「心電圖有反應了！」

「有……反應？」醫生帶著不可置信的眼神，看向了心電圖，然後，心電圖上的第二個突波，來了。

更高、更堅定、更明確的第二個突波，帶著生命的喜訊，來了。

「護士，」醫生轉頭，雙手啪啪兩聲，手套歸位，「電擊器。」

「嗯！」護士點頭。

「現在宣判死亡還太早。」醫生疲倦的眼神重新燃起鬥志。「患者還想活下去。」

「嗯！」

「女孩，妳叫做小茜，對吧？」醫生雙手握住電擊器，啪的一聲，測試的火花冒出，「妳還想活下去，是吧？」

心電圖上，第三個突波，像是回答醫生的問話，陡然升起。

「很好，」醫生微笑，「那讓我們繼續努力吧。」

說完，醫生雙手的電擊器往小茜胸口一按，小茜身體跟著往上一彈。

然後，所有人不約而同的注視著心電圖，等待。

等待。

然後，醫生笑了。

於是，一分鐘之後，小茜的心電圖恢復正常。

一天之後，小茜脫離了險境。

那一晚，始終在急救病房外苦苦等候的小茜父母和兄弟，都開心的擁抱在一起，只是他們有點聽不懂小茜醒來時，所說的第一句話。

「我會，」小茜的眼睛注視著空洞的遠方，眼淚從臉頰上滑落，「把我陽世的故事說完，等我到了陰界，我們再來交換故事，說好囉。」

說好囉，阿華。

陰界，柏。

小茜離開之後，忍耐人雄壯的身軀動也不動，凝視著那黑色漩渦快速的縮小，闔上，最後消失在小茜陽世的身軀裡。

「無情心，一個能量充沛，卻能將新魂推回陽世的寶物嚕。」橫財低啞的聲音，冷酷的下了最好的註解。「看似有情，卻是無情，這樣的寶物，很棒，對吧？」

「呼。」忍耐人重重吐出了一口氣。

「嚕嚕，從陽世到陰界，你以為七八十年的歲月那麼好等嗎？」橫財嘲笑著，「這幾十年裡面，你最好保佑你不會被陰獸抓來吃掉，被政府拿來做技的研究，或是不小心在黑幫的混戰中喪命，而且，重點是，那女孩不會忘記你！」

「呼。」忍耐人再次吐氣。

「承諾這麼好給，就不會有那麼多怨偶了……」橫財正要繼續往下說，忽然，忍耐人的呼吸變了。

變重了，表示，他要出拳了。

一個急速回身，右拳緊握，忍耐人之拳朝著橫財的臉轟了過來。

「生氣嚕？」橫財見狀，不驚反笑，「你不是叫做忍耐人嗎？怎麼一點都不能忍耐啊？」

忍耐人的拳頭來得不快，但卻重得可怕，周圍的空氣竟出現一圈一圈被強大力量撞開的氣旋。

橫財自恃道行高超，連技都沒有打，巨大的手掌，直接迎向忍耐人的猛拳。

砰。

橫財的大手接住了忍耐人的拳頭，忍耐人試圖撼動橫財的手掌，卻完全無效。

「我們等級有差嚕。」橫財笑到一半，就見到忍耐人的第二拳又來了。

沒有被橫財抓住的左手，再度擰成拳頭，朝著橫財轟了過來。

「沒用。」橫財的右手張開，砰的一聲，又是穩穩抓住忍耐人左手的猛拳。

忍耐人最得意的雙拳同時受制，就算經過鐵棺的生死劫，大大提升了道行，也完全不是橫財的對手嗎？

「沒用？真的沒用嗎？」忍耐人雙拳被抓，苦臉閃過一絲奇異表情，然後雙手一翻，脫離了橫財的雙手，改成抓住橫財的手腕。

「你想幹嘛？」橫財一愣，他與忍耐人四手互扣，雙方頓成僵局。

「技。」忍耐人只淡淡說了這個字。

橫財歪著頭，滿臉不解的他，並不知道他的背後，正慢慢升起了一個物體。

這物體就像是一座山丘，這座鐵灰色的山丘，正慢慢拔高，然後在橫財的腦袋上方，停住。

「技？」橫財眉頭緊皺。

然後，山丘崩塌。

崩塌後，化成十數柄鋒利絕倫的鐵劍，插向了橫財。

鐵劍來得又快又急，以橫財之能，也只能憑著直覺，猛然回頭。

他眼中，十數把懷著殺氣的鐵劍，正快速放大。

「你雙手動不了，看你如何避開這些鐵劍？」忍耐人咬牙，雙手緊扣橫財雙手，他知道自己也許阻止不了橫財掙脫，但只要拖延一秒就好。

短短一秒，就足以讓這些鐵劍貫穿這名惡棍。

「好樣的嚕。」橫財目睹著鐵劍離自己越來越近，就要把他身上穿出十幾個窟窿，他卻忽然笑了，「你這傢伙，是有點道行啊！」

在橫財笑的同時，劍已經到了。

劍尖，放大了百倍之後，只見那鋒利絕倫的劍尖，已經抵達橫財的肌膚，就要穿破肌膚上凹凹凸凸的毛細孔，然後一口氣破壞表皮、真皮、皮下組織，接著穿破血管，最後將內臟的循環系統全部貫穿。

一代梟雄，將自此殞命。

但，梟雄畢竟是梟雄，他沒有殞命，因為劍尖根本沒有穿破肌膚。

並不是劍尖停住，更不是撞上了什麼，而是肌膚不見了。

原本該乖乖待在那，成為鐵劍穿爛的受害者的橫財肌膚，竟然消失了。而且不只是肌膚，後面的表皮、真皮，以及皮下組織，再後面的血管、內臟，全部都不見了。

沒有了那些東西，於是鐵劍只能直接飛了過去，很糟糕的直接飛過去。

「為什麼？」忍耐人訝異之餘，十數柄鐵劍少了橫財這個巨大的擋牆，變成朝著自己而來。

「教你一個乖，這是我的技嚕，」橫財大笑，「破門而入的強盜！」

破門而入的強盜？忍耐人眼睛大睜，因為橫財竟然在自己的身體上，開了十幾道門，每道門都剛好讓鐵劍穿過，於是，鐵劍沒有傷到橫財半分，反而……朝著鐵劍的主人，忍耐人方向而來。

距離太近，變化太倉促，這次，忍耐人連一秒都沒有了。

噗噗噗噗噗，十餘聲綿密低沉的聲響，忍耐人沒有在自己身上開門的能力，於是，全部的鐵劍，都插入了他的身軀內。

「啊！」眾人同時驚呼，但見到鐵劍落盡，幸好，忍耐人也是毫髮無傷。

所有鋒利的鐵劍，一碰到忍耐人，就像是掉進了高溫熔爐之中，瞬間熔化消失，全部化入忍耐人的身上。

「這些鐵，就是你的技嚕？難怪傷不了你。」橫財雙手抱胸，冷冷的說，「也因為是你的技，沒有任何魂魄的氣息，難怪出現在我背後時，我會一點感應都沒有。」

忍耐人沒有說話，他在沉思著剛剛橫財的技，厲害的不只是在自己身上開門而已，而是短短的一秒鐘，這名看似鹵莽的男人，竟然針對十餘柄鐵劍、十餘個位置，分別在自己身上開洞。

光這份觀察力，與這份反應速度，就足以證明此人是絕世高手。

難怪剛才柏等人，會被這個橫財打得如此淒慘，柏甚至要以一雙眼睛交換，才能勉強從此人手中逃脫。

這樣還要打嗎？忍耐人握拳，這絕對是一場勝算低微的戰爭啊。

可是，就在眾人對峙之際，忽然，老闆娘出聲了。

「啊，妳醒了？」老闆娘的聲音帶著喜悅，「小曦。」

所有人的目光同時移向躺在角落的小曦，這個唯一可能目睹老九被殺真相的重要證人，如今醒了？

但小曦一甦醒，竟然像是小貓般，整個人縮成一團。

「咦？」老闆娘訝異，「怎麼……」

「好可怕，」小曦喃喃自語著，「好可怕，好可怕……」

「什麼好可怕？」老闆娘溫柔的問。

「真的好可怕。」小曦雙手抱頭，語氣顫抖。

「慢慢說，不要急，小曦，妳到底看到了什麼……」老闆娘手拍著小曦的纖背，直接從掌心給予小曦溫柔的安撫。

「我看到了……」小曦深吸了一口氣，「一種好可怕的……死法！老九的死法，好可怕！」

小曦的甦醒，讓所有人停下了打鬥，因為他們都想知道，方才不夜燈進行穿越時那短短的十餘分鐘，醫院到底發生了什麼事？

原本佔盡優勢的老九，為何突然喪命？

而神秘的第三個傳送點，竟然是一點都不危險的快餐車，又是怎麼回事？

「老九打開不夜燈，靠著他的道行，把所有人送到了危險之地，第一個是屍鯊的巢穴。」小曦回憶著。

「對，屍鯊真的很危險。」失去視覺的柏，忍不住輕聲自言自語。

A級陰獸，屍鯊，可是讓柏初到陰界，就差點喪命的可怕怪物。

「當時，我和鐵棺內的忍耐人試圖想要阻止老九，但老九強拉魂鏈，又想硬扯出小茜的魂魄，讓我們無暇分身；接著，我看到老九發現屍鯊殺不死你們，便牙一咬，打出更強的道行，把你們送到了鋼鐵玫瑰的花園……」

「鋼鐵玫瑰的花園……」這時，阿歲的喉嚨發出咕嚕一聲，那花園真的很凶惡，看似美麗燦爛的千萬朵玫瑰花，卻張牙舞爪，瞬間射出密密麻麻、足以遮蔽天空的鋼鐵之針。

「當時，老九的道行已經到了極限，可是，就在這個時候，我聽到他發出詫異的低語，『為什麼，為什麼又被傳送了？是誰？是誰竟然介入了我的不夜燈？』」

這時，柏心中一驚，而橫財更是發出嚕的一聲。

他們兩人都想到了同一件事，那就是，第三個傳送點……不是老九驅動的？

橫財曾說過，老九不該有這樣的道行，果然真是如此，但如果不是老九，那又會是誰？又為了什麼？

「後來呢？」柏追問。「老九又為什麼會死？」

「老九顯得異常驚慌，他似乎察覺到對方道行極高，而就在下一秒，老九表情再變，似乎見到了某個人。」小曦說到這裡，喉嚨咕嚕一聲，彷彿回憶起一個令她恐懼的畫面。

「老九見到了誰？」

「一個你們和我都應該曾經見過的人。」

「啊？」

「因為角度的關係，我只看得到他的背影，但他的樣子我不會忘記。這人西裝筆挺，頭髮梳得整齊油亮，手中提著一個嶄新的公事包，高瘦的背影，低頭看著老九。」小曦聲音放低，彷彿在喃喃自語。

「西裝筆挺，頭髮梳得油亮……？」這時，柏嗯了一聲。

在他們的記憶中，的確曾有一號人物，有這樣的造型。

這一號人物，曾經在黑暗巴別塔中，以變態的技術，用假道學的虛偽，改造了來自陽世的死刑犯們，讓那些死刑犯變成一隻隻怪物，替他賺取更高額的獎金，以及展開更暴力的比賽。

這人，以正義之名，卻行邪惡之事，他是……

「人權律師？」柏心臟一跳，嘴巴說出了答案。

「對，他就是曾經以割喉之狼和小英戰鬥的……人權律師！」小曦吸了一口氣。「他身材高挑，脖子微往下彎，看著矮小的老九，然後，我聽到了人權律師的笑聲。」

「笑聲……」

「明明只是一個笑聲，卻讓我渾身打顫，因為笑聲中沒有歡愉、沒有情緒，彷彿這聲笑，只是一個指令，輸入了指令，死刑的槍聲就要響起，虐殺就要開始。」小曦慢慢的說著。

「嗯。」

「然後，老九忽然尖叫，他大吼著：『老四，不是，你誤會了，我沒有濫用不夜燈，我沒有洩漏組織的秘密，我……』」

「組織的秘密？」所有人同時互望了一眼。

「人權律師又笑了一下，然後伸手拍了拍老九的肩膀，轉身就走。」小曦嘴唇微顫，說著，「現場，只剩下老九拚命的慘叫，『不要！不要！不要對我下這樣的咒，老四，幫我向老二和老三求情，求你！求……』」

「然後呢？」

「老九的臉色突然驟變，然後臉部皮膚突然有一個長條形物體浮動了起來，下一瞬間又沉入了皮膚之內，老九看起來又驚又痛，朝著自己的臉亂抓，但長條形物體下一秒又出現在臉的另一側，然後瞬間又沉入……」小曦打了一個寒顫，「後來我才看清楚，那長條形的物體，原來是一隻蟲。」

「蟲……」大家都吸了一口涼氣。

除了橫財，見慣大風大浪的他，只是從鼻孔哼出了一股氣。

「那隻蟲在老九的臉上、身上和手腳上，到處亂竄，老九痛得尖叫，想要抓，卻又抓不到，而且過了幾秒，我發現了一件事，不知道從什麼時候開始，長條形物體，已經不止一個……」

「所以……是蟲增加了？」

「是。」小曦閉上了眼，「蟲的數目不斷增加，老九的樣子也越來越可怕，群蟲亂竄，老九身上的皮膚就像是波浪一樣不斷起伏，然後痛得他咬牙切齒，拚命想抓，但偏偏就是一隻都抓不到，直到……」

「直到……？」

「直到，所有的蟲突然都改變方向，一起朝老九的頭部衝去，老九雙手猛抱著頭，發出慘烈的尖叫，雙眼紅到像是血管全部爆開，然後，當所有的蟲都衝入了老九的頭，老九就突然不叫了。」

「不叫了……」

「他背脊靠著牆壁，慢慢的、慢慢的滑下，變成現在癱坐的姿勢。」小曦聲音顫抖，「我想，他是死了。」

「死了……」

「在老九死後，所有的蟲則一口氣從他的身上湧出，然後消失在地板的各個角落裡。」

小曦說到這裡，「他的死狀好慘，真的好慘……」

就在眾人靜默之時，橫財突然挪動了他肥大的身軀，晃到老九的屍體之前，大手按住老九的頭顱。

「腦袋，開門。」橫財手一掀，然後，他朝著老九的腦袋看了一眼，咧嘴一笑。「沒了嚕。」

「什麼沒了？」眾人對橫財的動作，都不禁感到噁心。

「當然是腦漿沒了。」橫財把腦殼放回老九頭上，神情看起來滿不在乎，「肯定是被那些蟲吃光了吧。」

吃光了？聽到橫財這樣說，眾人紛紛做出欲嘔的動作，光是想到一大群蟲擠到一個人的腦袋中，拚命搶食著柔軟的腦漿，而且那個人，當時還是活著的……所有人就忍不住想吐。

「吃光了……」老闆娘輕輕嘆了一口氣，「原來是這樣死的，難怪從他身上檢查不出外傷……唉！只是這樣的死法也未免太慘了吧！」

「腦袋被吃光而死，肯定很痛吧。」柏咬牙，「只是，那個人權律師到底是誰？他是怎麼在老九身上下咒的？而且按照小曦的說法，似乎還有老二、老三——」

「也許有九個，因為他排行老九……」這時，阿歲插口。

「九個……」老闆娘的臉色微微一變，「難道是傳說中的，十隻猴子？」

「十隻猴子？」

「十隻猴子的傳說，在當年黑幫與政府的對決中，曾經出現過一陣子，如果他們又出現了，那事情就麻煩了。」

「十隻猴子？」柏和小曦同時問。「他們到底是？」

「十隻猴子，這個組織真正的人數沒人知道，只知道，他們掌握了極為特殊的技，專司暗殺，真正動手的共有十個人，在黑幫與政府對決的年代裡面，十隻猴子殺了兩邊的重要人物，這些重要人物通常身分特殊，黑幫與政府都不方便動手，只要死在十隻猴子手下，就找不出背後的主謀，就不至於引發更大的戰爭，或牽扯更多政治問題。」

「所以，你剛剛說，人權律師是十隻猴子裡面的老四？」

「如果以暗殺的恐怖程度來說，這個人權律師很像其中一隻猴子。」老闆娘思考著，「那個變態鬼卒老九，或許也是其中一隻猴子，不然不會掌握那麼多不夜燈、魂鏈和魄印的手法。」

「老九被老四所殺，」小曦說話了，「所以他們在內鬨？」

「似乎是。」

「傻瓜嚕。」這時，橫財開口了。「十隻猴子少了一隻猴子又有什麼關係？」

「啊？」其他人一起看向橫財。

「當年，十隻猴子中，除了最厲害的第一隻猴子，另外第二隻、第三隻猴子據猜測，都是具有甲等星格以上的人物，排名後面力量依序遞減。第九隻或第十隻猴子死了，找人遞補就好嚕。」橫財冷笑一聲，「還有，周娘妳真的退休太久了，操縱蟲子的技，難道妳不認識？」

「技？你說蟲嗎？啊！你是說……」老闆娘臉色微變，「操蟲師？」

「是啊，當年，僧幫和政府有幾個人死在操蟲師之手，不就是十隻猴子所為嗎？」

「操蟲師……」老闆娘感到背脊發麻，在那個政府與黑幫混戰的熱血陽光歲月裡，十隻猴子的出現，彷彿是陽光下深沉可怕的陰影，他們不擇手段，沒有半點情義道德、沒有半點義氣信念，只為了暗殺而生。

更悲哀的是，到後來，許多暗殺其實已經不是黑幫對政府，或政府對黑幫，而是黑幫對黑幫之間，彼此利益的仇殺！

善用各種昆蟲，施展各種奇異的殺人手法，不單是殺人而已，更是讓倖存者膽寒的技。後來，武曲毅然結束這場戰局，退出了戰爭，或許也和當時的戰爭已經變了調有關吧。

「當時，你們有找到十隻猴子的真實身分嗎？」這時，小曦開口問道。

「沒人知道。」

「但這不合理啊。」小曦展現了敏銳的觀察力。「如果這十隻猴子裡面有甲等星以上的高手，就會有一定的知名度，不該突然出現，所以應該會留下線索才對……」

「這就是最有趣的地方嚕。」橫財接口，「真的沒人查到，但有人猜，他們可能原本就是成名人物，然後就隱藏在黑幫與政府中！」

「他們原本就是黑幫與政府的成名人物？」柏愣了一下。「所以……」

「他們只是隱藏自己的身分，但怎麼能夠隱藏得這麼好？背後肯定還有一股不祥的力量在作祟吧，咯咯咯咯……」橫財笑，「如果有機會，倒想和這群猴子再會一會啊。」

於是，截路決定親自來處理這個醫院的案子，他想要搞清楚，當年那個身穿紅色戰甲、為戰鬥而生的男人，是否真的回到了陰界？

但巡警們卻沒有找到任何的重大線索，只知道，當時的戰鬥似乎都集中在最後一間加護病房中。

一間毫不起眼、躺著一個差點自殺而亡的女子的病房裡。

「這裡，就是能量最強的地方？」截路的聲音低沉沙啞，白色眼珠閃爍著異光，「是嗎？」

「是。」巡警中位階最高的人，回答道。

「但你們抵達時，已經空無一人？」截路凝視著周圍，「只剩下這具鬼卒屍體？」

「是。」高階巡警回答，面對截路的詢問，一種如臨深淵的壓迫感，讓這名身負高深道行的高階巡警，語氣也顫抖。

「這鬼卒是誰？」

「這鬼卒名為老九，隸屬孟婆部門，但素行不良，多次疑似用變態手法虐殺新魂，可是卻無人能找到證據，所以只被暫停職務，這次是他復職的第一個任務。」

「疑似用變態手法虐殺新魂，卻無人能找到證據？」截路冷冷一笑，「聽起來這傢伙挺厲害的啊，怎麼會復出的第一個任務就被殺呢？死因是？」

「不知道。」

「不知道？」截路冷冷瞪了高階巡警一眼，讓這巡警的身體縮了好大一下。

「是的，身體無明顯外傷，實在不知道他怎麼死的……」高階巡警顫抖著。「我們已經找法醫來勘驗，就是找不出……」

「找不出死因？」截路走到老九的屍體前，這具屍體，歪著頭，癱坐在牆邊。「二十幾年前，黑幫與政府血戰時，也有好幾具屍體，找不出死因……」

「是，是……」高階巡警聲音顫抖。

「但我很清楚，當時並不是找不到死因，而是……死因太過離奇，超過魂魄們的想像！」截路說到這，臉上忽然浮現了幾條青筋，渾身更是猛烈顫抖起來。

巡警們見狀，彷彿預見了什麼，臉露驚惶，紛紛往後退避。

「那就讓我這隻，飢餓鰻魚，來親自鑑定一下吧！」截路怒吼著，同時他胸口的衣服陡然碎開，一團如巨蛇般的物體衝了出來，這物體全身墨色，散發濃烈寒氣，緩緩扭動著。

更可怕的是，若仔細看這條巨大的鰻魚，則可見到鰻魚的尾部，和截路的身體相連，截路與鰻魚，兩者皮肉相連，共生共死。

這一幕詭異且可怕，巡警們眼神中都控制不住的閃過畏懼。

而就在此時，一個年輕的巡警忍不住問了旁邊的老巡警，「師父，這是什麼？」

「這叫做飢餓鰻魚，」老巡警小聲的說，「可是我們老大截路的技！」

「技……」年輕刑警顯然不太懂，「用一隻陰獸當作技？」

「沒錯。」老刑警慢慢的說著，「你可別小看這隻飢餓鰻魚，牠可以實現很多宿主的願望，但代價，就是要吃宿主的身體。」

「啊，牠會吃宿主的身體？」

「沒錯，那截路老大應該早就被吃光了……」

「這就是飢餓鰻魚可怕的地方，若被牠寄生了，牠會讓宿主的身體自動復原，只是需要一些時間，而且被吃掉的地方很痛！」

「好可怕。」年輕巡警咋舌。

「當然可怕，不然我們截路老大怎麼成為巡警的王？還有，這隻飢餓鰻魚，又怎麼成為陰獸綱目中，前百名的陰獸？」

「喔。」年輕巡警吞了一下口水，正要說話，忽然，截路的一句話，打破了飢餓鰻魚現身時的恐怖寂靜。

「飢餓鰻魚啊。」截路昂著頭，看著這隻從他身體延伸出來的恐怖陰獸，「我問你，要解開這問題，你需要吃我身體的哪裡？」

「你要吃我身體的哪裡？」

只見這隻飢餓鰻魚墨黑色的身體，在老九屍體附近繞了兩圈，然後牠回過頭，嘴巴動了兩下。

「三根指頭？好，給你。」截路露出詭異的笑，伸出了左手，然後，飢餓鰻魚動了。

飢餓鰻魚，這隻與截路身體緊密相連的陰獸，陡然一動，以快到肉眼無法捕捉的速度，咬住了截路的左手，剛好是三根指頭。

然後鰻魚用力一扯，三根指頭同時被鰻魚銳利的牙齒拔下，遭到撕裂的強烈痛覺傳上截路的腦袋，讓他不禁眉頭皺起。

「飢餓鰻魚，我讓你吃了你想吃的份量，告訴我，你看到了什麼！」截路左手三根指頭被咬，額頭微微滲汗。

飢餓鰻魚仰頭，像是在享受美食般，把三根指頭慢慢嚼碎，然後順著喉嚨咕嚕一聲吞下。

接著，飢餓鰻魚的黑色身軀扭動，牠開始說話，但其語言極度特別，有如水中尖銳的聲納，震盪著耳膜，現場無人能聽懂，除了截路以外。

「蟲？蟲吃光了這人的腦漿？」截路沉吟著，「因為是蟲，所以沒有外傷？操蟲師……等等，你說的是操蟲師？」

飢餓鰻魚緩慢點頭。

「好樣的，操蟲師，那不就是……被陰界政府封印已久的十隻猴子嗎？」截路目露凶光。

「十隻猴子也回來了嗎？」

這時，飢餓鰻魚又繼續發出奇怪的聲納尖叫。

「什麼？還有風？」截路眼睛瞇起，「風，是一個失明的男子所有？」

飢餓鰻魚再度點頭。

「果然是風！再加上十隻猴子！」截路揮舞著他只剩下兩根指頭的左手，轉身對五六十名巡警說：「各位巡警，你們還在等什麼？」

你們還在等什麼？

「是。」

所有巡警一聽到截路如此說，即刻立正站好，右腳的皮鞋鞋跟敲上左腳的鞋跟，發出整齊劃一、充滿威勢的砰一聲。

「去把風給我找出來。」截路冷冷的說，「記住，那是一個失明的人。」

「是。」巡警們同聲回答。

「還有，再成立一個特別小組，並通知特警與刑警，說『十隻猴子』出現了。」截路目露凶光，「十隻猴子、雷電、風，全部都現身了，這次的易主，肯定熱鬧非凡啦！」

「是。」所有的巡警聞言，同時大吼，其聲音之響、其氣勢之強，威震整座醫院。

「所有人，還不動作？」

說完，巡警轟然散開，他們即將展現政府最強悍、最駭人的警察系統力量，而且這次的目標，是一個失明的掌風者。

毋庸置疑的，那人就是柏。

只是柏呢？醫院血戰後，他與眾人現在又在哪裡呢？

截路星・貓咬人

危險等級：2。

外型：高高瘦瘦，留著約莫一公分的短髮，最大特色是他的眼睛，眼球與眼白的顏色，是顛倒的。

星格：丙等星。

能力：飢餓鰻魚。

截路的技叫做「飢餓鰻魚」，牠同時也是百大陰獸之一，會寄生在特定宿主身上，更被喻為被詛咒的陰獸，因為牠會實現宿主的願望，但代價就是會吃掉宿主的肉體。

宿主所許的願望越大，被啃蝕的肉體就越多，只是，飢餓鰻魚的牙齒同時具有復原能力，當宿主被啃蝕後，肉體又會慢慢長回來。只是這樣被啃蝕與回復的過程，其痛苦更勝於死亡，因此飼養飢餓鰻魚是一種禁忌的秘術。

5.3 一 牛肉麵的秘密

這裡，是黑暗巴別塔旁的牛肉麵店。

柏、老闆娘、阿歲、小曦、忍耐人，以及鬼盜橫財都在這裡。

而所有人的眼神，都集中在兩個人身上，一個是柏，一個是老闆娘。

柏的表情淡定，但老闆娘的秀眉卻擰得很緊。

「沒辦法？」柏閉著眼，失去視覺的他，眼前是一片純淨的黑。

「沒辦法。」老闆娘一抹額頭的汗，「我檢查過你所有的星穴，檢查過你水晶體被劃傷的傷口，其實都已經正常痊癒，但我就是不懂，為什麼你還看不到？」

「嗯。」柏也無法理解，他可以感覺到自己所有的道行都已經恢復，但唯獨視覺就是找不回來。

「或許，你的身體已經完全復原，但心理卻尚未恢復，所以找不回視覺……」老闆娘沉思。「這是心理作用。」

「心理作用？」柏訝異，「魂魄也有心理作用？」

「當然，而且更加明顯，因為魂魄沒有實體，是能量的集合體，唯一控制能量的就是你的意志，一旦你的意志不足，或者有所缺憾的時候，」老闆娘慢慢的說著，「就會直接反映在陰界的魂魄上。」

「有所缺憾，會引起失明……」

「沒錯，你的星穴早已復原，所以肯定是缺憾！」老闆娘點頭，「可惜我只是治療魂魄的醫生，治不了你的缺憾，這只能靠你自己了。」

「嗯。」柏似懂非懂的點頭。

「另外，柏，有件事我不知道自己想的對不對……」這時，老闆娘思考了數分鐘，才突然開口。

「什麼事？」

「或許，你該和橫財去找那柄破軍之矛。」

「嗯。」

「因為，你失明的答案，也許真的就在那裡。」

這晚，老闆娘替所有人煮了牛肉麵，說是醫院之戰後眾人太辛苦了，替大家補補元氣。

每個人的面前都有著一碗牛肉麵，但卻沒有人說話，不說話，是因為沒有機會開口，因為他們都在忙著處理眼前這碗散發濃郁香氣、能讓脾胃得到完美解放的，牛肉麵美食。

「好好吃，師父。」小曦斯文的吃著牛肉麵，邊吃邊露出幸福的笑容。「我不只想學星穴，我還想學牛肉麵。」

定。

吃麵。

「好。」忍耐人沉默寡言，但從他面前堆上的五個空碗，就足以說明他對這牛肉麵的肯

「好吃好吃好吃，老闆娘啊，妳手藝又進步了欸？沒想到妳年紀一大把了，煮牛肉麵的技術還會進步？」接下來稱讚的是阿歲，他好不容易洗盡了全身的臭氣，但仍被排擠去角落吃麵。

「什麼年紀一大把了？」阿歲的頭頂，被老闆娘的鐵勺，敲了一下。「沒禮貌！」

然後是橫財，他面前的碗，更是堆到了驚人的二十幾個。

「好吃嚕。」橫財吃得超快，幾乎是抓起了碗，連筷子都不用，仰頭一吞，整碗湯與麵，就一起進到了他的肚子裡。「這麵，用的是生長在陰影處，生長時間長達兩年的頂級小麥製成的，還有肉……這肉不像是一般的牛肉，這是戰牛的牛肉吧？戰牛是B級陰獸，天生好鬥，要捕獲可不是一件容易的事啊！」

聽著橫財一碗接著一碗的猛吞，嘴巴則不停的唸著。

「這麼好吃的牛肉麵嚕，卻刻意如此低調的藏身在黑暗巴別塔旁？」橫財吃得眉開眼笑，「不愧是第二神醫周娘，想要隱匿身分，但又無法放棄對自身品質的堅持嗎？」

「你啊。」老闆娘看著橫財不斷猛吃，只好一碗又一碗的補。「脾氣這麼壞，動不動就想殺人，吃起東西倒是挺有品味嘛。」

「早知道妳這麼會煮麵，當時絕對不會想殺妳了。」橫財露出難得的歉意表情。「我可是古玩高手，對美食有點鑽研也很合理，前陣子我才挖出了肉石，引出了冷山饌這老頭！」

「冷山饌……紫微的御用廚師？」老闆娘微微訝異，「他不是失蹤多年？他也現身了？」

「是嚕，就說陰界越來越熱鬧啦。」橫財笑著說。「我看妳也清幽不了多久嚕，第二神醫周娘。」

「是嗎？」老闆娘笑了一下，「不過橫財啊，你是古物獵人沒錯，但論吃，你真的覺得這碗牛肉麵，只有麵與肉嗎？」

「喔？」

「最重要的部分，也是老娘下最多工夫的地方，你可沒說出來。」

「是嗎？」橫財看著湯，先是一呆，隨即又笑了，仰頭再灌完一碗麵。「那沒辦法了，只能再來一碗了。」

「再一碗當然好，但對你，我可是要收錢的。」

「不成。」橫財哼的一聲，

「不成？」

「這是老子的原則，遇到好東西，絕對用搶的。」橫財搖頭。

「所以你打算吃白食？」老闆娘臉色微微一變。

「清朝曹家紅樓夢原稿五頁，明朝鄭和那件南洋黃馬褂，右撇子齊白石唯一一張左手繪馬圖，」橫財繼續豪氣的吃著。「這幾樣東西，隨便挑一個，都夠抵妳的這幾碗麵吧？」

聽到這裡，老闆娘還沒反應過來，一旁市儈的阿歲已經眉開眼笑的接腔了，「夠，夠，夠，這些都是價值千萬的寶物啊，市場上搶得可兇了，橫財老大，您慢慢吃，慢慢享用。」

「哼，」橫財沒有繼續答話，只是喃喃自語，「除了麵與肉，還有什麼？唉，那個臭莫言沒來，如果他在，肯定還會看出什麼嚕？」

而就在橫財、老闆娘和阿歲對話的同時，柏正端坐著，在這碗麵之前。

失去視覺的他，只剩下聽覺、嗅覺、味覺，以及觸覺，而僅存的這四種感覺，此刻卻變得更加敏感。

當柏低頭咬下一口麵，他可以理解橫財讚嘆的小麥氣味，那深厚、純淨，來自土地的清新之風，正順著自己每次咀嚼，在口腔擴散著。

然後他吃了一口肉，飽滿彈性的肉質，這的確不是終日被關在飼料場的肉牛，能鍛鍊出來的咬勁與甜度，這就是橫財所說的，B級陰獸，戰牛的肉嗎？

但，老闆娘提過，在這碗牛肉麵裡面，她真正花費心血的，又是什麼？

橫財吃到，但又沒有吃到的東西，到底是什麼？

一瞬間，少了視力的柏，從舌尖，感受到了另一個東西。

那東西一直存在，在肉裡、在麵裡、在碗裡，在這碗牛肉麵的每個地方。

所有的食材都被它包裹著，透過它，食材才能找到自己最佳的舞台，透過它，所有的食材才能完美結合。

它，就是老闆娘花了最長時間提煉的……

「是湯。」柏吸了一口氣。「這碗牛肉麵中，最厲害的部分，應該是湯。」

「喔？」老闆娘與橫財同時轉過頭來，一個表情訝異，一個表情則是驚喜。

「我不知道這湯來自何處，但湯卻扮演了最好的媒介。」柏露出滿足的笑。「無論肉或是麵，如果沒有湯，不會這麼完美的結合在一起。」

「有道理。」橫財又大口吃了一碗麵，這次他特地讓湯在口中繞了幾圈，才吞入喉嚨之中。「這湯單喝，的確不怎麼樣，甚至稍淡，但如果沒有湯，肉和麵這兩個各走極端的味道，不會完美的結合。」

「是啊，是湯。」老闆娘歪著頭，「柏，你變強了欸。」

「啊？」

「你吃了不下百碗牛肉麵，這是你第一次發覺牛肉麵的秘密。」老闆娘走到了柏的面前，仔細端詳著柏。「為什麼？難道與你失明有關？」

「失明？」柏沉思。

「失明，讓你的感覺更加敏銳。」老闆娘一笑，「會不會，這就是你靈魂不肯讓眼睛重見光明的原因？因為它認為你對於風，體悟得還不夠？」

「是嗎？」

「若有天，你真正領悟了風。」老闆娘一笑，「也許你的眼睛就會自己痊癒了。」

「領悟了風……」柏喃喃自語，忽然，砰的一聲，這是橫財把碗重重放在桌上的響聲。

「要領悟風，還不容易，」橫財咧嘴笑，「去找破軍之矛，包準你能體驗這島嶼上最強的風。」

「破軍之矛，要去哪找？」

「破軍之矛，不是去哪裡找。」橫財搖頭，「而是它什麼時候來。」

「它什麼時候來？」柏皺眉，其餘人也一起露出困惑的表情。

「這島嶼上，哪裡風最強？什麼時候風最強？你們不會不知道吧。」橫財拿著牙籤，剔著自己的黃牙，不時發出咯咯的笑聲。

「這島嶼上，哪裡風最強？什麼時候風最強？」柏默唸著，他尚未理解，倒是小曦啊的一聲。

「小曦，怎麼？妳想通了？」眾人同時看向小曦。

「夏天。」小曦睜著大眼睛，一邊淑女的吃著麵，一邊露出訝異的表情。「橫財，你說的是夏天之時，這座島嶼又愛又恨的……颱風？」

颱風？

眾人這瞬間都明白了，但下一瞬間，卻又迷惘了。

「颱風？颱風不過就是，夏天因為海面溫度而造成的現象，怎麼會和破軍之矛有關？」柏問。

「這就是破軍厲害的地方。」橫財咧嘴笑，「根據我鬼盜可靠的情報顯示，破軍把自己的破軍之矛藏在嘯風犬之中，而每年的颱風，就是嘯風犬的巢穴。」

「嘯風犬……」柏說到這，又問：「可是島嶼上颱風這麼多，我們怎麼知道哪一個是嘯風犬的巢穴？」

「笨蛋嚕，我當然不知道。」橫財聳肩，「但那個痴心的女孩鈴，卻把答案告訴你了。」

「啊？」

「破軍之矛的絲帶。」橫財眼睛露出貪婪的光芒，「只要那個颱風來了，只要嘯風犬出現了，絲帶一定會知道。」

「絲帶……」破軍抬起左手，那塊看起來髒髒舊舊的破布，竟是找到破軍之矛、找到嘯風犬唯一的線索。

「夏天，這島嶼的夏天，已經到了。」橫財伸了一個大大的懶腰。「我們可以開始期待，最強颱風的降臨。」

「我還是不懂，嘯風犬怎麼藏在颱風裡？」柏這時仍忍不住繼續問。

「你的鬼齡太短了啦。」這時，阿歲開口了。「如果是嘯風犬這種風的陰獸，的確有可能藏身在颱風中，畢竟，牠原本就是高密度的能量聚合體，而且……

「颱風這東西，每年從充滿亡靈的海洋誕生，然後登陸之後，不只會摧毀家園，更會造成許多生靈的死亡，這樣奇異的物體，可不會只引來嘯風犬而已……」

「不只吸引嘯風犬？」

「颱風的各層結構中，往往生長著許多傳說中的陰界植物，甚至會引來……危險等級很高的風陰獸啊！」阿歲說到這，露出戒慎無比的表情。

這晚，當眾人陸續休息，柏一個人躺在牛肉麵店中，自己的寢室裡，雙手枕在腦後。

「那個叫做鈴的美女，當時替我綁上的紅絲帶，就是要告訴我，破軍之矛在哪裡嗎？」柏喃喃自語。「如果橫財沒有說錯，我必須進入颱風之中，才能找到嘯風犬……就像當時在商業大樓頂端那樣？」

想到這裡，柏不禁嚥了一口口水，當時的嘯風犬何等可怕？牠操縱上百隻屍鯊，虐殺了紅樓福字部的各大高手，更在最後，一擊滅殺了擁有星格的天福星。

論強橫、論恐怖、論神秘，這隻S級陰獸都在柏心裡留下難以抹滅的印象。

「而且阿歲說過，颱風中會引來不少的陰獸，陰界中的颱風內部，又是什麼模樣呢？」柏一邊說著，他的睏意則是越來越濃烈，「另外……老四、老九，十隻猴子，又是什麼？最重要的是……」

柏說到這，一整天的疲倦，已經完全淹沒了他。

「不夜燈帶我去的那個地方，那個女孩聲音……」柏最後的聲音，宛如夢囈。「她是誰？還有小靜，她的比賽……不知道進展到哪裡了？」

不知道……進展到哪裡了？

說到這，柏的自言自語，已經悄然無聲，因為他睡著了。

帶著滿腹的疑問，柏，此刻沉睡了。

第六章・武曲

6.1—怒風之蟲

這裡是陰界。

琴正和冷山饌師徒、小才小傑兩兄弟，坐在已經破碎的快餐車前，討論著接下來的計畫。

「現在聖・黃金炒飯的五項傳說食材已經找到了兩項，還剩下高麗菜、肉與蛋這三種……」小才開口。「不過坦白說，我這邊實在沒有任何線索……」

「冷師父呢？」琴轉頭看向冷山饌，這個被稱為陰界首席廚師的男人。「您是唯一嚐過黃金炒飯的人，您有想到什麼嗎？」

「武曲當年帶來的這炒飯，五項食材都是聞所未聞的食材，像是三釀老人的獨門米，生長在亂葬崗中的橄欖樹所產出的油，另外三項食材，若真要說……我倒有一個想法。」

「什麼想法？」

「關於高麗菜的部分。」冷山饌沉思。

「您知道高麗菜在哪嗎？」

「不，我不知道，但我知道要去哪裡找最厲害的高麗菜。」

「哪裡？」

「釣魚店。」冷山饌肯定的說。

「釣、釣魚店？」所有人一起張大嘴巴，唯獨小耗啊的一聲，他似乎已然聽懂。

「看樣子只有小耗猜出我的想法，呵呵。」冷山饌把眼神移向小耗。「說說看，為什麼和釣魚店有關？」

「因為釣魚店會賣誘餌。」小耗說到這，抓了抓頭髮，笑了。「為了釣到陰界中各種奇怪的陰獸，就必須使用各種奇怪的誘餌，尤其是蟲。」

「對，然後呢？」冷山饌微笑。

「所以在釣魚店，可以找到各種稀奇古怪的誘餌蟲，而那些稀奇古怪的蟲，通常都長在稀奇古怪的地方，專吃稀奇古怪的蔬菜……」小耗說到這，他眼睛看向琴，琴眼中透出的笑意，又讓小耗的臉微微泛紅。

「蔬菜，所以……？」

「若武曲當時所選的高麗菜當真稀奇古怪，肯定有稀奇古怪的蟲在吃它，那答案不會在書中、不會在農場，而是在……」小耗吸了一口氣，「釣魚店。」

「正確。」冷山饌看向眾人，「所有人是否認同老夫的想法？」

「認同。」琴讚嘆，「雖然邏輯很複雜，但卻合情合理。」

「那我們就去找釣魚店吧。」冷山饌起身，「老夫多年在陰界的廚師界打滾，的確認識幾家高明的釣魚專賣店！」

陰界，釣魚店，一間面積大到驚人的釣魚店。

一走進釣魚店，琴的嘴巴忍不住微微張開了。

牆壁上的這些魚拓，究竟是怎麼一回事啊？

有些釣魚者，會將自己曾經釣過的大魚，透過拓印的方式，製作成魚拓，來記錄自己釣魚人生的輝煌。

不過，陰界不愧是陰界，這裡的魚拓和陽世的相比，不只是體積大、外型怪，還有很多令人匪夷所思的魚拓，讓琴完全目瞪口呆。

第一個映入琴眼中的，竟是一個宛如遊輪大小的超巨大魚拓。

「這是什麼魚？」琴看得瞠目結舌。「好……好大！」

「鐵達尼魚。」一旁的小耗說，「陽世古老的沉船，影響了陰獸，在陰界的海洋裡，於是化成鐵達尼魚，這樣的魚最好吃的是牠肚子裡面的肝，只有十元硬幣大小，卻宛如藍寶石般璀璨，我們叫做海洋之心……」

「鐵達尼魚?海洋之心？」琴聽得有點混亂，「這不是某部電影嗎？」

然後，接下來看的魚，卻又讓琴掉進了另一個世界。

因為下一個魚拓，像是一組數位密碼，由零和一，構成魚的形態，被拓印在紙上，還不時閃爍著綠色的光芒。

「這叫做駭客魚。」小耗說，「這種魚專門潛伏於網路中，負責竊取與破壞資料，要殺死駭客魚不難，但要活捉卻不容易，尤其這隻駭客魚更有名，牠叫做卡卡獸，在三十幾年前曾經造成陰界政府與黑幫的網路癱瘓，當時可是三大黑幫與政府熱戰的時刻，這魚的出現也造成一時喧騰！」

「我知道這隻卡卡獸……」這時，小才把臉湊了過來，「是被道幫幫主的巨門星，親自捕獲的喔。」

「巨門星？」琴歪著頭，她對這名字有印象，「他也是十四主星之一！」

「是啊，關於卡卡獸的故事很有名，後來還有陽世的人決定把卡卡獸改編成電影，叫做什麼……木偶人之鄉民的正義！」

「是這樣嗎？好期待喔！」琴一笑，「陽世的人，以拍電影為夢的人，都好勇敢！」

「是啊。」

琴繼續往前走去，她看到了第三張魚拓。

這魚拓沒有剛才兩張充滿震撼力，但古怪程度卻一點都不遜色。

因為，魚拓是空的。

「為什麼……這魚拓是空的？」

「這叫做隱形魚。」小耗說。

「隱……隱形魚？」琴訝異了，「這條魚是看不到的嗎？」

「對啊，不只看不到，有時候連摸都摸不到，所以很珍貴。」小耗說。

「可是既然看不到又摸不到，又怎麼知道……有沒有捕到？」琴滿腦子都是問號。

「當然知道啊，因為煮起來就知道了，順便一提，這種魚可是世界級的美味喔。」小耗說到這，下意識的舔了舔嘴唇，「牠的魚肉魚骨入口即化，可是連骨頭都會都濃甜到讓人咋舌，要釣到的方式也很特別，因為牠很愛吃一種蟲，當牠吞入這種蟲的時候，腸胃尚未完全把蟲消化，會出現蟲的蹤跡，也就是這不到一秒鐘的時間，讓牠暴露行蹤。」

「果然人為財死，鳥……不，魚為食亡。」琴笑了一下。

「呵呵，琴姊，所以別小看蟲。」小耗微笑，「在這裡大多數的傳奇魚種，都必須倚賴稀奇古怪的蟲，才能被捕獲喔。」

「了解，所以這裡才有專門吃黃金炒飯高麗菜……的特殊蟲種！」琴繼續往前走著，已經走到了接近櫃台的地方。

這個體積幾乎等於一座陽世大賣場的釣魚店內，只有一個留著滿頭亂髮、滿嘴落腮鬍，頹廢卻難掩帥氣的中年男子，正一邊玩著手機，一邊在櫃台顧店。

「嗨，好久不見，老闆。」冷山饌對這名帥氣頹廢的中年男子，露出了熟識的笑容。「我要買蟲。」

「蟲？別叫我老闆，叫我基努就好啦。」這男子見到冷山饌，點了點頭。「冷師父，你這次不買魚，要自己釣啦？」

「釣魚我沒你們厲害啊。」冷山饌搖了搖頭。「我想要問你關於蟲的知識。」

「關於蟲的知識，找我就對囉。」這名為基努的男人，露出自信滿滿的笑容，然後右手一拉，只見他背後一道巨幅的牆，突然開始移動。

然後，當這座巨大的牆移動完成，琴的感覺除了讚嘆，更多了一份難以言喻的噁心。

因為牆後面，是成千上萬、大大小小的玻璃櫃，每個玻璃櫃中，都爬滿著蟲。

活的、死的、乾的、老的、幼小的，宛如古龍般巨大的，還有細小到以為不存在的，都在男人背後的這面牆裡，蠕動著。

「冷師父，你說說看，你想要釣什麼魚？問我，我都能幫你找到最適合的蟲，連釣法都可以一起和你說。」基努笑，「不過在我回答之前，我很好奇，什麼樣的魚，要讓您老親自出馬？」

「不是不是，我不是要釣魚，我要找蟲，找專門吃高麗菜的蟲。」

「啊？專門吃高麗菜的蟲？」基努聽得是一頭霧水。「陰界高麗菜的種類很多，蟲也多，你幹嘛特別要找這種蟲？」

「不，我要找的是特別的高麗菜，越特別的高麗菜越好，」冷山饌說，「基努，有這樣的蟲嗎？」

「只吃特別高麗菜的蟲，這是考試嗎？呵呵。」基努眼神閃過一絲奇異的光芒，然後瞄向了冷山饌背後的眾人。

他的眼神更看似無意的，在琴的身上，多停了一秒。

「不是考試，只是要你幫忙。」冷山饌搖頭。

「如果連您老都覺得特別的高麗菜蟲，算來算去只有三種，一種是……」基努從椅子上一蹦而起，走到了其中一個玻璃櫃前，「塑化高麗菜蟲，表面上是高麗菜，但因為被摻入了大量的塑化劑，所以根本就是塑膠，有一種蟲專門吃這種塑化高麗菜，這種蟲……」

基努還沒說完，冷山饌就已經搖頭了。

「這種高麗菜我知道，它根本無法入菜，吃了會讓男性的生殖力下降，對吧？」冷山饌嘆氣。「這種塑化劑，在陽世，是島嶼生育力下降的重要原因啊！」

「還要考慮入菜啊。」基努低頭沉思了半晌，邁開腳步往前，走了數分鐘，走到了這個巨大牆壁的尾端。

那是一個看起來很普通的玻璃櫃，櫃子中的蟲看起來瘦巴巴的，一看就知道吃不飽的樣子。

「這是什麼蟲？」冷山饌問。

「這叫做吃電蟲。」基努說，「在陽世曾經發生一件事，那就是某個總統不管自己的發電廠裡面有一堆自肥的高官，還堅持要漲電費，陰界為了幫忙，於是開發了一種叫做省電高麗菜的植物，這種省電高麗菜會長在每個高耗電的電器裡面，避免浪費電……但，恐怖的是，省電高麗菜怎麼省電你們知道嗎？」

「怎麼省電？」

「它若長在冰箱裡面，你一天就只能開五次冰箱，每次只能開三秒；」基努嘆氣，「若是長在馬桶上，你就要等全家大小便都完成了，才能沖水……」

「好可怕！」眾人一起搖頭。

「是啊，後來大家發現這樣的高麗菜或許可以省電，但同時也會摧毀自己的生活，於是又再開發了一種叫做吃電蟲的生物，專門吃省電高麗菜！」基努嘆氣。「結果越來越浪費資源，一點都沒省到！」

「真搞不懂陽世的人，怎麼會選出一個這樣的總統呢？」這時，小才忍不住感嘆。

「其實陽世的人也沒錯，因為他們覺得這個總統傻歸傻，但至少有一個好老婆，」基努說，「希望這老婆能幫幫他，免得他做出太誇張的事！」

「陽世的人，很奇怪耶。」冷山饌下了這個結論。

「對啊，陽世的人，真的很奇怪耶。」其餘的人也點頭。

「不過，吃電蟲是滿稀奇的，但這也不是我要的。」冷山饌繼續搖頭。「沒有更奇怪的高麗菜，更奇怪的蟲嗎？」

「美國牛蟲？和非洲總統比賽的伏地挺身蟲？還是什麼都漲就是薪水不漲蟲？」基努手指頭不斷的數著。「還是早些日子很熱門的，瘦肉精蟲？」

「基努……」冷山饌的眉頭都皺起來了。「給我認真一點。」

「好啦，您老都親自來了，那我就給你看一種蟲吧。」基努笑了，「不過你可要確定喔，這高麗菜不只稀奇，而且極度危險啊。」

「請。」

基努的眼神再次有意無意的瞄了琴一眼，然後朝著櫃子一掀，旁邊的一堵小牆竟然開始動了。

「還有暗牆？」琴訝異。

這堵暗牆，跟剛才的那幅巨牆相比，面積至少小了二十倍，一掀開，裡面只有兩三個玻璃櫃。

其中一個玻璃櫃至少四層樓高，玻璃更是不斷震動，彷彿裡面正吹著十級以上的強風。

「這是？」冷山饌吸了一口氣。

「怒風之蟲。」

「怒風之蟲？」

「是。」基努凝視著這個巨大的玻璃櫃，表情驕傲。「只生長在十級風以上的險惡之地，而牠更只吃十級風以上的高麗菜，怒風高麗菜。」

「嗯。」冷山饌沒有說話，只是專注的凝視著這個玻璃櫃。

玻璃櫃中，狂風怒吼，但隱約可見，幾隻身形有如小龍的蟲，正順著風快速的優游著。

「這蟲很珍貴，我手上這種蟲的數目也在逐漸減少，」基努苦笑，「因為牠們的食物太難採，怒風高麗菜已經很久沒人拿來賣了。」

「怒風高麗菜……」冷山饌吸了一口氣。

這一秒鐘，他的腦海回到了那個晚上，武曲，帶著這些食材來到他的面前。

露出武曲專屬的笑容，堅強勇敢，但又不失純真與羞怯。

冷山饌記憶中的那個晚上……

「冷師父。」武曲是這樣說的，「這是我找到最愛的五樣食物，可否請你幫我做成一道菜？」

「米、橄欖油、高麗菜、肉，還有蛋。」冷山饌看著眼前這五項很普通，又極度不普通的食材。

一顆比手掌還要大的米，一壺宛如陽光般燦爛的橄欖油，還有高麗菜。

冷山饌忍不住拿起高麗菜。

「好輕。」冷山饌吃了一驚。「輕到像是要被風吹走一樣！」

「冷師父，您可以剝一片葉子下來看看。」此刻的武曲，美麗而傲氣的容顏中，帶著一股難以言喻的悲傷。

「嗯。」冷山饌輕輕一剝菜葉，忽然他的頭髮整個被吹起，甚至連臉上的肉與皮膚，都被一股強烈的風，整個吹到變形。「這……這是什麼？」

「這是只生長在風之地的高麗菜。」琴一笑，「它生長的地點，只在十級風與無風帶的邊緣，很難採，但真的很好吃。」

「為什麼挑這麼奇怪的食物？」

「因為我想說一個故事。」

「一個故事？」

「一個關於自己的故事，」武曲說這話的此時，露出了悲傷的笑，「說給未來的自己聽。」

「啊？和風有關的故事？」冷山饌完全不懂，他發現他真的不懂眼前的女孩，從那個半夜來喝湯的晚上到現在，冷山饌從來沒弄懂過這女孩的心思，但不懂，並不影響他對這女孩的欣賞。

「冷師父，不管怎麼說，這些食材就麻煩你啦。」

「嗯。」

那晚，武曲離去，而當她再次出現時，已經是冷山饌想出聖·黃金炒飯的作法，然後由武曲親自完成的那一天了。

地點，回到釣魚店，時間，則回到現在。

「對，怒風高麗菜，我要這種蟲。」冷山饌手比著那吹著狂風的巨大玻璃櫃，「你能賣我幾隻？」

「三隻。」基努看著玻璃櫃，「一隻一百萬。」

一百萬？琴聽到自己用力吞口水的聲音，陰界這些傢伙，怎麼都出價不手軟啊，自己身上這件白色風衣，莫言贈送，紅樓出品，也要價百萬。

但，別以為陰界的人都很有錢，小才和小傑看起來就不太富裕的樣子。

「好，我買了。」冷山饌皺了皺眉，還是允諾。

「那我來抓。」基努爬到了玻璃櫃的最頂端，然後掀開櫃子，跳了進去。

只見基努一落入玻璃櫃中，整個身體立刻被風急扯而去，像是陀螺一樣在玻璃櫃中四處亂彈。

「好危險。」琴低語。

「別擔心，這個人有道行，而且看起來道行不低。」小耗眼睛瞇起。「琴姊，妳仔細看著。」

「嗯？」琴凝神一看，果然發現，雖然基努看起來是被風扯得四處亂撞，事實上，每次基努撞上玻璃時，他的雙腳都已經穩穩踩住玻璃，然後透過強大的反作用力，在玻璃櫃中移動。

乍看之下是被風吹得到處碰撞，事實上，卻是藉由風、玻璃和基努自身的體術，在這塊風之險地，自在優游。

自在優游，輕盈、快速，宛如風中的精靈。

「好厲害。」琴讚嘆。

「是不錯，但他要面對的挑戰，才剛剛開始而已。」小才這時也開口了。

「挑戰？」

「呵呵，他的對手可不只是風，而是這些怒風之蟲啊！」

只見玻璃櫃中，基努藉著驚人的體術，在風中任意移動，但越是移動，身邊的黑影就越來越濃，那黑影不是別人，就是基努要捕獲的陰獸，怒風之蟲。

怒風之蟲長條如蟒蛇，但身形較細，全身覆蓋著細小的透明鱗片，鱗片會迎風進行張開或是縮起，更是怒風之蟲能在強風中移動的關鍵，風越強，怒風之蟲移動得越快，同時，也越危險。

之所以危險，是因為基努侵犯了怒風之蟲的領域，絕對的風之領域。

只見數十隻或大或小的怒風之蟲，在風中靈活的游動，一下子就追上了四處蹦跳的基努。

「怒風之蟲，其牙齒雖然不算是陰獸中最強韌的，也沒有劇毒，但只要被咬上幾下，肯定全身出血而死。」小才雙手抱胸，「這基努敢孤身進櫃子抓蟲，肯定還有絕招吧！」

玻璃櫃中，怒風之蟲不斷的逼近基努，轉眼間，就將基努所有的去路封死。但基努的臉上，卻看不到任何的驚恐，反而帶著輕鬆寫意的笑。

忽然，他朝著自己的雙手，吐了一口唾液，然後順手將兩手搓了搓。

也就在此時，數十隻怒風之蟲動了。

數十張滿是獠牙的大嘴，頓時佔滿了基努的視線。

「蟲子啊，」基努伸出剛剛搓過的雙手手掌，對著猛撲而來的怒風之蟲，然後他笑了，

「聞一聞，確認誰才是老大吧！」

狂撲而來的怒風之蟲，陡然停住。

停在基努的雙手手掌之前。

「怎麼樣？」基努再笑。「喜歡這味道嗎？」

怒風之蟲再度開始移動，但動作卻變得異常緩慢，就像是喝醉的寵物蛇，慢慢的盤繞在基努的手臂上，一條接著一條，數十條怒風之蟲，就這樣把基努的手臂完全包住。

「我只要三隻就好。」基努快速挑選了三隻怒風之蟲，剩餘的蟲子，就全部扔回狂風之中。

然後，基努再次透過玻璃櫃與狂風，彈回櫃子上方，推開頂部的門，回到了冷山饌和琴等人的面前。

「精彩。」冷山饌鼓掌，「光這段拿蟲的過程，就值得十幾萬了。」

「還好。」基努拿了一個袋子，將三隻怒風之蟲給扔了進去，同時提醒。「怒風之蟲是在風中生長的蟲，一如魚生長於水中，你們必須定時灌入風，不然牠們可能會缺風而死。」

「好。」眾人點頭。

而就在眾人拿著袋子，準備離開之際，忽然，琴感到背後一道聲音。

「女孩。」

琴一愣，隨即懂了，這是基努透過傳音的方式，在琴的耳邊說話。

「我猜，你們根本不是想拿這些蟲來釣魚吧？」基努冷笑，「你們難道想要這些蟲子帶你們去找怒風高麗菜？」

「是又怎麼樣？」琴不客氣的回看著基努。

「那妳可要提防著點啊，咯咯咯咯。」基努笑得詭異。「以我對蟲的了解，怒風之蟲，絕對不是那裡最危險的一種陰獸。」

「啊？」

「在風的世界裡面，最強的陰獸一直……都只有一隻。」基努微笑，「親愛的女孩，那隻陰獸，可比你們剛剛打敗的微生鼠厲害得多啊！咯咯咯咯！」

「你怎麼知道……我們剛剛打敗微生鼠？」琴感到背脊一涼，她瞬間想到，記者雖然有拍到他們率領貓群攻入鼠窟的畫面，可並沒有拍到她的樣子，更沒拍出裡面有微生鼠啊！

為什麼這個看似平凡的釣魚店老闆，會知道這麼多？

「我當然知道啊。」基努臉上慢慢浮現了一個笑容，笑容詭異而恐怖。「我當然知道啊，是妳太健忘啦，武曲。」

是妳忘記我啦，武曲？

琴猛然回頭，這個基努卻已經瞬間退開，退回了他的櫃台內。

這秒鐘，琴湧上一股無法形容的詭異感，這個基努肯定有星格，而且絕對是一個棘手的敵人。

「歡迎下次再來。」基努在櫃台，對著眾人鞠躬，「期待，我們下次的見面。」

期待，我們下次的見面。

咯咯咯咯咯咯，我們一定會再見面的，失去記憶的武曲。

「剛剛那個基努，讓我全身發毛。」離開了釣魚店，琴忍不住向冷山饌說起了這件事。

「冷師父，他到底是誰？」

「其實我對他的背景也不熟，只知道他對陰界的蟲子，非常的了解。」冷山饌沉吟。

「是嗎？」琴納悶，「那他……認識武曲嗎？」

「這我就不確定了。」冷山饌搖頭，眼睛看向了小才和小傑，兩人也同時搖頭。「不過，二十九年前，他成立了這家釣魚店，說是賣釣餌，其實是賣蟲。因為他太懂蟲、太會捕捉蟲，於是這裡成了每個陰界釣客的最愛，而我則是透過海幫的鳳閣，才知道這家店的。」

「這男人，懂蟲……」琴閉上眼，思考著剛剛所看到的一切，「他在玻璃櫃中，被怒風之蟲攻擊時，只吐了一口口水，就讓蟲子們從暴怒變成溫馴，那口水到底是什麼？」

「不知道。」冷山饌等人一起搖頭，倒是小傑開口了。

「此人，讓人想到，馴獸師中的一派，」小傑沉吟，「操蟲者。」

「操蟲者？」

「不過，那已經是很久以前的事了。」小傑搖了搖頭，又回復原本的沉默。「就算此人擁有操蟲的技，也不應該和那些猴子有關係……」

「小傑，你說什麼啊，我怎麼聽不懂？什麼操蟲的技？什麼猴子？」

「……」小傑不再說話，只是搖頭。

琴知道小傑此人的性格，一旦他不想說，就算用雷電劈在他的頭頂，他也不會開口，多問無益，琴並不生氣，只是淡淡一笑。

「先不管基努的事情了。」琴看著拿在大耗手中的怒風之蟲。「若我們真的要進入颱風中，以我對這裡颱風的認識，每年夏天少則五六個，多則十餘個，最近天氣異變，更不小心會拖到秋天形成秋颱！我們該怎麼知道要去找哪個颱風？」

「這就是我要去找怒風之蟲的原因。」冷山饌蒼老的臉，露出了得意的笑容。「因為怒風之蟲會知道哪裡有怒風高麗菜，我們只要跟隨牠們的步伐就好了，牠們就是我們最好的領路者啊！」

怒風之蟲，最好的領路者？

琴注視著被大耗提在手上、那三隻不斷蠕動的怒風之蟲，牠們會帶著琴等人，找到傳說中的第三項食材，怒風高麗菜嗎？

6.2 風雨欲來

接下來的日子，超過了一個月，琴和她的夥伴都在等待。

等待這島嶼上夏日最猛烈的獻禮，颱風。

而在這段時間裡面，她則乘機補充許多陰界的知識，包括陰獸的種類、等級和危險度。剩餘的時間，她會拉著小耗大耗和小才小傑，陪她去陰界四處走走，更不時去聆聽小靜的歌唱練習。

偶爾，會看到來自政府的警察，在欺凌人民。

琴會出手，雖說她雙手的雷電封印尚未解開，但她已經有一定基礎的道行，普通的警察並不是她的對手。

但為了安全起見，其他的夥伴會把警察引到暗處，然後讓琴親自出手解決。

透過這些戰鬥，琴可以強烈的感覺到，自己正在變強，連被收納袋封印的雷弓，都已經躍躍欲試。

而這段時間，莫言一直沒有出現，但新聞卻出現了一些讓人咋舌的大竊盜案，像是某顆被層層保護的詛咒鑽石，竟憑空消失在玻璃櫃裡面。還有一台全球限量的跑車，也在車庫中失去了蹤影；而且當時，車庫外面站著數十名道行高超的警衛，裡頭還有被喻為世界最完美的電子警備系統，竟然沒人知道是怎麼回事？

每次看到這些新聞，琴都會忍不住莞爾，因為，她不用猜也知道是誰幹的。
那個替她綁上收納袋的老朋友，你也開始自己的修行了嗎？
另外，值得一提的是，冷山饌去買了一台新的快餐車，畢竟舊的快餐車已經被琴給炸掉了。那天，冷山饌搖頭嘆氣，說了句話，「我去下廚好了，湊點快餐車的錢。」
而這樣一句「我下廚好了」，竟又替小寶夜市增添了一則新的傳奇。

冷山饌師徒和琴等人，在陰界的小寶夜市擺了一個攤子，賣的就是冷山饌這些日子研究出來的，「橄欖油特餐系列」。
這是冷山饌用亂葬崗的橄欖油，所設計出來的六種料理，包含橄欖油拌生菜、橄欖油蔥多包、橄欖油烤夜星雞翅、七色飲料、橄欖油拌麵，以及橄欖油雜糧麵包。
那一個晚上，前半段的時間與後半段的時間，宛如兩個世界。
前半段因為橄欖油特餐沒有宣傳，很多人只是隨意看了一眼，就離開了，所以前半段非常冷清，直到……第一個人吃了一口橄欖油拌麵。
那人的嘴先是鼓起，雙眼突起，然後放聲大吼。
「好吃！」那人吼著，「這是什麼料理，我以後吃不到怎麼辦？」
於是開始有第二個人坐下，第三個人坐下……整個販賣時間的上半場，略微冷清的過去，但下半場之後，情勢卻因此陡變。

因為，都回來了。

每個吃過橄欖油的人，都回來了。

而且還帶著他們的朋友，然後他們的朋友又帶了朋友，而這些朋友的朋友又受到更遠朋友的委託，一口氣買了好幾倍的份量。

只是一個晚上，或者說，半個晚上，冷山饌就賺下了一台快餐車的錢。

「收攤。」當冷山饌確認車錢已經足夠，立刻準備收攤。

「師父，不多賣點？」大耗忍不住問，「或者明天再來賣？生意很好欸……」

「笨蛋，你創作美食這東西是為了錢嗎？」冷山饌拿勺子打了大耗頭頂一下。「錢夠就好了，我們接下來還有更重要的事！」

「嗯。」一旁的琴微笑，「不過，冷師父，你的餐點還是一樣好吃。」

「開玩笑，我可是紫微御用廚師，」冷山饌笑，「但我要特別稱讚一下小耗，因為這六項料理中，有兩項可是他的點子。」

「喔？」琴看向小耗，不意外，小耗的臉又紅了。

「橄欖油拌麵，和橄欖油蔥多包。」冷山饌臉上，有父親對兒子的驕傲。「這兩樣賣的狀況，可是一點都不比其他四項遜色哩。」

「謝謝。」小耗好害羞，「那要謝謝琴姊，打敗了鼠窟的微生鼠，拿到了這麼厲害的傳說食材，橄欖油啦！」

「哪有！」琴笑著說，「小才和小傑也很厲害，我是和他們一起去鼠窟拿到橄欖油的。」

那晚，小寶夜市又多了一個傳奇，只賣一天的橄欖油特餐，之後無論那些人怎麼探詢，都再也沒有找到那個橄欖油攤位。

後來，更有人懷疑自己是否真的吃到那麼美味的料理……這件事從此之後，變成了一個神秘的傳奇。

小才和小傑呢？

他們和冷山饌師徒不同，他們道行太高，行蹤多少有點隱密，不過若他們有出現，通常都是在練功。

小才的玻璃雙斧，自鼠窟回來之後，明顯可見道行大幅提升，雙斧變化的速度更快，尤其是琴和他講了那段話之後……

「小才，我記得那個缺牙的小女孩妞妞，曾經說過一句話，我聽不懂，但和你有關係，她說……」琴回想起鼠窟最後一戰時，那背後養著小白蛇的女孩說的話，「小才哥哥的技，應該是掌砂者。這有什麼特別的含意嗎？」

「掌砂者？」小才聽完，露出沉思的表情。「女獸皇，不，那女孩……說我是掌砂者嗎？」

就從那晚之後，小才的鍛鍊方向突然改變了。

以前小才專注於雙斧的力量與鋒利程度，如今，他將力氣轉而用到「變化」這部分，突然間，他的雙斧變得更加奇異，形狀已經漸漸脫離了雙斧的樣子，殺傷力卻是不減反增。

奇詭兩字，更成為小才雙斧最致命的絕殺技。

相較於小才，小傑則非常清楚自己的方向。

黑刀。

右手握黑刀，每日重複由上而下劈一萬次。

換到左手，再來一次。

然後配合不同的黑刀招數，不停重複的鍛鍊，就是小傑的方式。

而小傑變強的程度，更是每個人有目共睹。

「小傑，你光是拿著刀的樣子，」琴在旁邊看著小傑，露出微笑，「氣勢就好嚇人喔。」

「是嗎？」小傑頷首。

「你要如何判斷自己變強了呢？」琴笑。「我問這問題好像很奇怪，但我很好奇，像是莫言收納袋的數目，小才雙斧變化的形狀，小耗的麵團越來越大，但你就一把黑刀，怎麼知道自己變強了呢？」

「硬度。」小傑用手指彈了一下黑刀，發出高亢而悅耳的錚一聲。

「硬度？」琴啊的一聲，「你是說，你的刀會越來越硬嗎？」

「是，在鼠窟時，夠硬，方能反彈妳的電。」小傑說。

「你的刀一定超硬的吧。」琴微笑，「而且我如果沒猜錯，你和莫言是不是在比賽？」

「嗯，好眼力。」

「不過我覺得，你和莫言都會遇到一個問題。」琴笑，「收納袋越來越多，刀子越來越硬，然後呢？」

「然後？」小傑皺眉。「還有……然後？」

「收納袋能越來越多，然後呢？現在是二十四個，將來是一百個，未來是一千個，然後呢？」琴雙手托著下巴，微笑，「不過就是收納袋而已。」

「……」小傑不笨，他絕對不是一個笨蛋，他知道琴的話中肯定有某些東西，只是，他需要思索。

「我沒有那麼懂啦，我只是在想，你也是啊，刀子越來越硬，越來越硬，硬到後來，又怎麼樣呢？」琴繼續說著，「然後呢？」

然後呢？

小傑看著自己的黑刀，用力吸了一口氣。

對，然後呢？

自己的黑刀再硬，畢竟只是一把黑刀，就算練到世界第一硬，碰到主星等級的人，他們同樣把自己的技練到了極致，黑刀終究要屈服於他們的技之下。

所以，然後呢？

「呵呵，」琴起身，拍了拍屁股的灰塵，轉身就走。「小傑，我沒有別的意思，我只是愛胡思亂想啦。」
「不。」忽然，小傑將刀子收在背後，目送著琴離開的背影，然後他一個鞠躬。
深深的，長達數十秒的鞠躬。
會鞠躬，是因為在這一剎那，小傑確實感覺到了，說起黑刀硬度的靈魂，不只是琴而已。
那是武曲。
那個曾經率領十字幫、危險等級高達九，與政府血戰數十年而不墜弱勢的武學奇才。
是武曲的靈魂，在對小傑說話，也是武曲的靈魂，在提醒著小傑，就像當年一樣。
此刻，小傑笑了。
溫暖而羞怯的笑了，就像當年他第一次遇到武曲，第一次加入十字幫，那個懵懂的少年。
「武曲，我不會辜負妳的。」小傑閉著眼，語氣堅定。「妳臨走前時特別委託的事情，我不會辜負妳的，就算必須付出我的生命……」
然後，平靜的一個多月很快過去，該來的，終於來了。
天空中，雲移動速度，開始增快了。
風來了，風，終於來了。

陽世，小靜。

「明天的比賽臨時延期，為什麼？」小靜此刻正坐在Pub裡面，前面坐著的是她最好的朋友，也是歌唱比賽中最強的對手，蓉蓉。

「欸，小靜，妳沒看新聞，好歹妳也有走到外面感受一下天氣吧。」蓉蓉搖頭，喝了一口她點的溫熱水果茶，「妳沒感覺到外面風變得很大，然後還偶爾飄雨？」

「對喔，」小靜歪著頭想了一下，「天氣好像是這樣，那又怎樣？」

「小姐，妳真的很少根筋欸。」蓉蓉用手摸著額頭，裝作要昏倒的樣子。「這就是每年台灣的夏天都會出現的天氣啊！」

「台灣的夏天……？」小靜露出困惑的表情。

「就是颱風啊，小靜小姐！」蓉蓉低聲尖叫，「這幾天只要一轉開新聞，都是在報導這個颱風的消息，今年夏天的第一個颱風，結構紮實，短短兩天內就從熱帶氣旋轉為中颱，連美國CNN都在推估這颱風可能造成的危險性！」

「喔。」

「小靜，妳這樣一個人住真的沒問題嗎？防颱措施做好了嗎？妳的窗戶有貼上膠帶嗎？陽台的衣服有收進來嗎？各種存糧備妥了嗎？還有手電筒，有嗎？就算有，裡面的電池還有電嗎？」蓉蓉越說越激動，一連串的話衝口而出。

「喔。」

「別再喔了啦，小姐，」蓉蓉說得額頭青筋快浮現了，「妳到底有沒有聽進去啊？」

「嘻嘻，」小靜溫柔一笑，「妳好棒喔，蓉蓉。」

「什麼好棒？」

「會看新聞，又會注意天氣。嗯，當年我在大學宿舍和琴學姊住的時候，她也常這樣說我。」小靜微微一笑，「遇到妳們，真好。」

「把我和妳的學姊相提並論，是我的榮幸……不，不是遇到我們的問題，是妳啊，除了唱歌，妳也要注意周圍的事情啊！」

「好啦，我有注意啊。」小靜依然冷靜溫柔的笑，「我發現最近我家的貓小虎，偷跑出去的次數變多了，有時候還帶著傷……」

「帶著傷？」

「不過比較有趣的是，自從小虎來了以後，我家附近的貓好像變多了，而且原本老是在樓下汪汪叫，擾人清夢的小狗，再也沒有叫過了，連大狗的叫聲都少了……」小靜說，「蓉蓉，妳說這隻小虎，會不會是一隻奇貓啊？」

「貓原本就是很神秘的生物，不，不對，小靜，我是說，妳不能只注意這種奇怪的事，妳也要注意環境，我是說妳自己周圍的環境啊。」蓉蓉嘆氣。

「有啊。」小靜轉著自己手上的飲料。「不過我從小就是這樣啊。」

「算了，也許就是這樣，妳才能唱出這麼純淨的歌吧。」蓉蓉嘆了長長一口氣，「那等一下我去妳家吧。」

「來我家？蓉蓉妳想來我家住嗎？歡迎歡迎！」

「什麼去妳家住？我是要去幫妳做防颱準備啦！」蓉蓉的眼睛望了望窗外，就算是夜晚，仍可感覺到天空的雲移動得飛快，這是滂沱大雨來臨前的徵兆。

越是強颱，風雨前的寧靜就越明顯。

「哇，謝謝，蓉蓉妳真好！」小靜好開心，「妳和琴學姊一樣都是超級好人。」

「是是是，是好人，那這杯飲料給妳請！」

「嘻嘻，沒問題啦。」

只是，小靜說到這裡，她的眼睛，也跟著蓉蓉一起看向了窗外。

雲，真的飛得很快，深藍色的夜空，透著些許詭異的橘紅色。

連這麼不問世事的她，都可以感覺到風雨來臨前那種詭異的氣氛。

這次的颱風，恐怕不只是大而已吧，小靜內心浮現了一股奇怪的預感，肯定會發生什麼事吧！

發生讓人打從心底心驚肉跳的事情吧！

陰界，琴與眾人所在的新快餐車。

「琴姊，」小耗拿起了手上的塑膠袋，「這幾天，這幾隻怒風之蟲顯得特別興奮欸。」

「真的嗎？」琴把臉湊近了那個裝有怒風之蟲的大袋子，果然，這三隻自從離開釣魚店後，就一直無精打采的怒風之蟲，突然興奮的在袋子中不斷翻滾。

「是啊。」小耗看著快餐車的窗外，「不知道與現在的天氣有關嗎？」

「天氣？」琴也把眼神移向了窗外，「這樣的天色，寧靜過頭的橘紅色天空……看樣子，真的有颱風要來了！」

「對啊，而且以這樣的氣候來看，這個颱風，肯定不小。」小耗注視著天空。

「那，」琴這時展露了一個好迷人的微笑，勇敢而美麗的笑容，「我們是否該準備了呢？」

「嗯。」小耗起身，也露出同樣的微笑，「那我去和大家說一聲。」

「好。」

只是，他們都預料不到的是，這颱風走得很快，才短短一天，就跨越了大半個海面，直撲島嶼而來。

而且更讓氣象局與美國CNN震驚的是，它不只如預期般從中颱轉成了強颱，它的強度，竟然還在增強。

今年的第一個颱風，竟然就可能是超級強颱？

6.3 改變的序幕

強颱壓境，天氣詭異得讓人心驚。不只是陽世的人，連陰界的魂魄都感受到了這股異樣的氣氛。

尤其是颱風這樣強大而紮實的能量體，更會讓以能量為食的魂魄，倍感異常。

有的魂魄緊張，他們決定躲到屋簷內，避免與這樣的能量體正面衝突；有的魂魄則很興奮，因為強颱捲過海面，必然帶來高速的強風和雨珠，如此破壞性的力量，不只能摧毀地形，更可能挖掘出其中原本隱藏的寶物。

寶物，會因為巨大的破壞而現身，這是陰界慣則。

有的魂魄則很慎重，他們開始佈局進入颱風的方式，因為在颱風內部，風的障蔽其實複雜而危險，別說進入其中，連被捲入外圍都可能造成魂魄的死亡。

各方力量都在蠢動。

所有人都帶著一種奇異的心情等待著，這個颱風的來臨。

因為這是一股每年一次的破壞力量，破壞代表著改變，改變則代表新局面的開展。

陰界。

「這颱風很強。」黑暗的房間中，一個男人，正感受著空氣中的異樣。「我在陰界上百年來，這樣的強颱也沒遇過幾個……」

這男人就算身處在黑暗中，仍散發出一股難以言喻的霸氣。

這霸氣深沉而巨大，彷彿入了夜的巨大山脈，聳立在每個登山者的面前，讓登山者打從心底畏懼。

「是嗎？」男人的對面，是一個女人，她的聲音宛如呢喃，讓人不禁怦然心動。「你又想幹嘛了？上次你派我去鼠窟鬧場，還不夠嗎？」

這女人，就算身處在黑暗中，也可以感覺到她那女帝般的高傲與冷豔。

「這次，」男人淡然一笑，「不是輪到妳出場。」

「那是誰？」

男人沒有回答，然後這時，門突然嘎了一聲，一人推門而入。

「丞相，你找我？」這人聲音相當奇特，彷彿兩人在同時講話，一個尖銳一個低沉，但語調與轉折卻完全相同，合起來不但顯得陰陽怪調，更是讓人渾身不舒服。

「黑白無常啊。」這男人右手手肘撐在膝蓋上，身體往前，一身冷硬霸氣，此刻宛如狂風暴雨般壓住了黑白無常。

黑白無常，這個身為政府六王魂之一，手握千萬警察大軍，無論敵人或是夥伴都感到驚懼的男人，竟然退縮了。

被這個霸氣男人給徹底壓制住了。

「……是。」

「你知道武曲琴，現在正在陰界到處跑呢。」男人冷冷的說，「你手上的警察系統，怎麼一點用都沒有？」

「……是。」黑白無常兩個音調同時顫抖。

「警察系統罩不住，難不成，要我的軍隊系統出來嗎？」男人雙目瞪著黑白無常，而黑白無常只能選擇迴避對方宛如山岳的眼神。

「不，不用。」

「那你知道自己該幹嘛了吧？」

「是。」黑白無常吸了一口氣，退了一步，「我絕對會追捕到她。」

「如果可以，留活的。」

「我知道。」黑白無常已經退到了門邊。「因為她的記憶很珍貴。」

「沒錯。」男人臉色一沉，突然提氣一吼，「那你還不快去辦！」

吼聲一出，不只讓整個房間為之震動，這一剎那，整個空間也彷彿扭曲了，男人的道行實在太高，高到連空間都受到了干擾。

「是。」在這一吼中，黑白無常連退兩步，背脊已經撞上了門，才急忙轉身拉門離去。

當黑白無常倉皇離去，黑暗的房間中，又再度回到了霸氣男人與女人的對話。

「你剛生氣的樣子，當真可怕。」那女人伸出手，撫摸著肩膀上的一個物體，仔細看去，一條雪白的小蛇正隱隱浮現。「我家的隱蝮，都被你嚇壞了啦。」

「貪狼這傢伙，要鎮住他，就得拿出實力。」男人冷哼一聲。「不然這傢伙野心勃勃，遲早會爬到妳的頭上。」

「你啊，實力強，又懂得治人，更有無比野心，」女人搖頭，「我看你的弱點只有一個……」

「哪一個？」

「那個叫做小曦的小女孩，對吧？」

「……」男人的臉上，瞬間閃過一絲默然，但隨即又輕笑了兩聲。「成大事者，怎麼能被兒女親情所累？」

「你啊，就是這麼會撐。」女人起身，站在男人的面前，她低頭看著這男人，「還記得很久以前，我們還沒蛻變成主星之前……」

「別說了。」男人微微皺眉，「過去的事，不要再提了，別忘了妳現在可是女獸皇，專司整個陰界的陰獸管理，不要老是掛念過去。」

女獸皇？這女人就是女獸皇月柔，傳說中整個陰界最高明的馴獸師。

「好吧，不提就不提。」月柔嘆了長長一口氣，索然無味的說，「那我先離開了。」

「請。」男人手一揮。

月柔起身，踏著高雅輕盈的腳步，推門而去。

只是，當月柔離開了這黑暗的房間，她卻忍不住回頭，注視著那正砰一聲關上的大門。

然後她輕輕的嘆了一口氣。

「天相啊天相，你也許是陰界最有權力的人沒錯，但……」月柔低語，「別讓這些權力腐蝕了你的心，別忘記當年……那個還懷有夢想的男孩啊。」

那個曾讓月柔心動，願意用生命去追隨夢想的男孩，別忘記了啊。

房間內。

天相罕見的沉思了。

一手將政府打造成集權中心，聲勢凌駕不見已久的紫微，手握六王魂力量，統治整個陰界，連三大黑幫都敗在他手下的男人。

罕見的，陷入了沉思。

沒人知道他在沉思什麼？沒人知道他為何讓自己陷入短暫的沉默？更沒人知道他眼中閃過的一絲柔亮光芒又代表什麼意思？

但所有人都知道，這短暫的數秒，不會是天相慣有的模樣。

下一刻，他又會回復成震懾天下的霸者。

因為他是天相。

不只是擁有權力、擁有慾望，更是擁有危險等級九的道行，與七殺、破軍、武曲齊名，僅次於太陽星地藏的男人。

然後，就在天相沉思、月柔懷念，黑白無常調兵遣將要去追捕武曲之時……

它，來了。

可能是史上最大的颱風，正在海面上捲起滔天巨浪，瘋狂的吸取著水氣，距離這島嶼，更只剩下百公里的距離。

時間，就在這個傍晚。

它充滿狂風與暴雨的巨人腳印，就會直接踩上這島嶼的東北角。

而另一頭，又有人在泡茶了。

三釀老人與天機星吳用，又在同一張石桌前，品茗著一壺散發清甜的紅茶。

只是紅茶清甜之餘，還透著一股讓人心驚的……殺氣？

「吳用兄弟，請喝喝看，這叫做『台人十八次』紅茶。」

「三釀老人啊，你這紅茶是怎麼來的啊？」吳用喝了一口紅茶之後，忍不住開始端詳這紅茶。「這紅茶當真好喝，而且好喝的秘密，似乎就在清甜之中所散發的殺氣？殺氣能刺激味蕾，讓甜味加倍，更讓人體驗身處在千軍萬馬中那生死瞬間的餘韻。只是，為什麼殺氣能融入紅茶之中？」

「呵呵，好眼光，這台人十八次最特別之處，就在殺氣兩字，其實這是源自於陽世中一款非常有名的紅茶，台茶十八號，許多人在陽世喝了這茶之後，來到陰界，念茲在茲，想要再次品味該茶的香氣，卻始終無法成功……」三釀老人說，「直到最近一年，終於被人找到了種植該茶的方式，你猜在哪？」

「這茶清甜中帶著殺氣……種的地方，該不會是戰場吧？」吳用何等聰明，眼睛閃爍奇異光芒。

「對，不愧是天機星，就是戰場，」三釀老人大笑，「這可是只生長在百人以上死亡的戰場上，也許是這樣，所以它除了原本的清甜，更多了一份生死決絕瞬間的刺激感，這味道，實在對我們陰界魂魄的胃口啊！」

「肯定會賣，」吳用點頭，「我會把這茶推薦給政府的天府星，白金老人，他肯定會讓這茶成為陰界的銷售冠軍，只是，為什麼這茶叫做台人十八次？」

「這台人十八次，取的是陽世的另一種語言，台語。『台人』有砍人的含意，這紅茶既然擁有幽靜山林的甜，又有生死交界的嗆味，取個台人，然後砍了十八次，其實也不為過，對吧？」

「說的也是。」吳用點了點頭，又喝了一口紅茶，台人十八次，這名字取得真是俗又有力。

「不過，最近應該會發生大事吧。」

「大事？怎麼說？」

「你感覺到了嗎？颱風來了啊。」吳用又喝了一口台人十八次紅茶。

「六百年最大的易主逼近，連天象都變得激烈了，這樣瘋狂的颱風逼近，陰界的確會出大事！」三釀老人搖頭，也喝了一口台人十八次紅茶。

「颱風深處，肯定會現出不少寶物，更會引來不少陰界的高手前往。」吳用一笑，「人一多，就難免戰鬥，戰鬥就難免死亡，到時候這紅茶或許會大量生長也不一定。」

「嗯。」三釀老人凝視著石桌外的天空，淡然一笑，「不愧是天機星，我也是這樣想的。」

「喔？」天機星眼睛瞇起，「天梁星啊，你的意思是……」

「如果我的朋友，像是天使星，深入颱風，肯定只是為了尋找類似台人十八次的紅茶。」三釀老人說到這，露出高深莫測的微笑。「絕對不是為了幫助誰喔。」

「好傢伙，好傢伙。」天機星吳用也笑了。「用一壺紅茶算計我啊，老朋友。」

「我怎麼敢算計你？」三釀老人又倒了一杯紅茶到吳用的杯中。「如果你喜歡這紅茶，等我的老友天使星回來，我會讓他再幫你帶一斤。」

「算了算了，喝茶。」天機星笑著搖頭。「放心，我知道的，我回去之後會通知，如果政府的人也進了颱風，要盡量避免傷害到採集紅茶的人……除非，那個人主動攻擊政府，這樣可以了吧？」

「謝。」三釀老人舉起杯子，「就你這句話。」

「喝茶，喝茶。」吳用舉起杯子，和三釀老人的杯子互敬。「可別讓一個颱風，壞了我們的老交情，喝茶。」

喝茶。

三釀老人飲盡了杯中清甜中帶著殺氣嗆辣的紅茶，一股說不上來的不安感卻依然盤據心頭。

這次的颱風極度危險，之所以危險，除了颱風本身極為巨大之外，更讓三釀老人擔憂的卻是人。

一股強烈的直覺告訴著三釀老人，有比颱風本身更危險的高手，這次也進入了颱風之中。

能從颱風中活著出來的陰魂，恐怕不到十個人。

這颱風，甚至比鼠窟還要危險百倍。

「要保重啊，小甘。」三釀老人嘆氣，心裡暗暗說著，「距離傳說食材湊齊還有三項，可別在這裡就終止妳的旅途啦。」

「還有……」三釀老人又想起了另外一個徒弟，但這次他的表情卻帶著些許怒氣。「我想你也會進到颱風中吧，畢竟風原本就是你的領域，但你可別再被野心給沖昏了頭，害死自己就算了，可別再害到別人了。」

「三釀老人，你在想什麼？」這時，天機星吳用帶著洞悉一切的目光，看向三釀老人。

「難道，你在擔心你兩個徒弟，都會進到颱風中？」

「我可沒這麼說。」三釀老人急忙收斂心神，這天機星太厲害，若思考太多，恐怕會被這男人盡數看穿。

「不過，曾有人說過，三釀老人以傳道行為己任，可不只收了兩個徒弟。」吳用笑，「不過很奇妙，我從來沒聽過你提第三個徒弟……」

「那個人，我不想再提。」三釀老人搖頭。「若當我是朋友，就別再問。」

「懂，」天機星吳用點頭，聰明的他不打算再追問。「那我們還是喝茶吧。」因為，他已經猜出了那人是誰。

破軍、武曲都已經回來，那個人如果也回來了，那才是真正揭開了易主的序幕，易主死傷千萬、血流成河的序幕啊。

6.4 空中戰場

陰界，琴這邊。

「颱風快到了，只是，我一直想問一個問題。」琴看著小耗等人。「我們該怎麼進入颱風？」

「其實進入颱風的方法不止一種。」小耗開口了。「大致上可分為三種。」

「哪三種？」

「第一種是走陸路，也是三種方法中最安全的。就是站在颱風的路徑上，當風越來越強時，順著風進入颱風的外圍，然後再想辦法爬過一層又一層的風壁，就有機會到達颱風的核心，颱風眼。」小耗說，「我沒猜錯的話，怒風高麗菜應該就長在最接近颱風眼的高處。」

「這方法感覺上很安全啊，那有什麼危險嗎？」琴問。

「最大的危險，就是時間。」小耗回答得清楚明瞭，顯然做了不少功課。

「時間？」

「其實颱風的面積極大，甚至是這島嶼的好幾倍，裡面結構是由一層一層的風壁構成，看似透明卻如同一座隨時在變化的迷宮，從外圍進入，若沒走好，恐怕花個十天半月都走不到颱風眼。」小耗說，「更何況，許多低等的寶物獵人和陰獸，都會選擇類似的路徑進入颱風，可能還沒進去，就會開始打架了。」

「十天半月……那颱風可能早散了吧！第二個方法呢？」琴問。

「第二個方法危險性提升很多，」小耗說，「就是走水路。」

「水……水路？」

「沒錯，」小耗說，「颱風畢竟是從海上來的，若提早在入海口等待，被颱風捲入時，可以更快進入颱風核心。但要知道，水面畢竟不是我們魂魄習慣的空間，海浪滔天之下，道行不夠的話，可能會成為海底亡魂和陰獸的美食。」

「海啊……」琴吞了一下口水。「我不會游泳欸。那，還有第三條路呢？」

「第三條路可以說是最危險的，琴姊，妳確定要聽？」小耗試探性的詢問。

「聽啊。」

「那就是陸海空的最後一種路徑，也就是空路。」小耗苦笑，「我們從天空下去。」

「天空？聽不懂，怎麼可能從天空到颱風？」

「當然可能，因為陽世的人們有飛機。」小耗說，「我們只要搭飛機，然後從上面跳下去就好了。」

「啊——」琴張大了嘴巴。

這是什麼？高空彈跳？不，這哪裡是高空彈跳？這根本就是跳樓自殺！

「琴姊，妳不用怕摔死啦，我們是魂魄，只要能控制道行，踩到颱風的風路，基本上不會墜死。」小耗看到琴的臉色已經鐵青，急忙解釋。「只要妳踩到風路就可以了。」

「如果沒踩到風路會怎麼樣？」

「被層層的風壁捲入，碎屍萬段吧。」小耗誠實的說。

「還說不可怕！」琴尖叫。「分明就嚇死人了。」

「那琴姊，妳想要走哪條路？陸路？海路？或是最快的空路？」小耗看著琴。「別忘了，陸路的時間恐怕會來不及，畢竟我們沒有風的技，掌風能力較弱，走海路的速度恐怕也會來不及。」

「走海路還要面對海洋……」琴嘆氣，「我又不會游泳，天啊，只剩下走空路，你們不就是在逼我嗎？」

「沒有逼妳，琴姊。」小耗聳肩，「我們只是提供建議。」

琴嘟著嘴，皺著眉，看著眼前這群道行高深的少年們。

小傑、小才、小耗、大耗，以及最後一個人，冷山饌。

冷山饌對琴搖了搖手，「我一把老骨頭了，颱風裡面太危險，我不進去。」

「好吧，你們四個，你們覺得走哪一條路最好？」琴眼光掃過這四人。「小耗？」

「琴姊，我剛剛分析時，已經說出了我的答案，我希望是空路。」小耗坦言。

「那大耗呢？」

「我相信小耗，所以，我覺得空路好像比較好一點……琴姊。」大耗抓了抓頭。

「那小才呢？」

「我想，陸路真的太慢，如果會遇到一堆小嘍囉，真正打起來或許不會有生命危險，但總是會花時間！」小才的回答是一串囉唆的分析。「海路也會遇到相似的問題，而且琴姊妳不是不會游泳嗎？坦白說，我也不會游泳啊！另外，空路的部分，好歹我的斧頭會飛，又有兩支，分妳一支是絕對不會有問題的啦！」

「所以你也贊成空路？」琴把目光移向四人中道行最高，行事作風向來最沉穩的小傑。會選擇最後一個才問小傑，因為琴知道，若莫言不在，道行最高的小傑將會扮演最後決定的角色。

他的意見不只重要，更有關鍵性的影響。

而小傑的答案一如他的寡言，乾脆俐落。

「空路。」

「所以，真的是空路，四票全數通過？」琴吸了一口氣。「那我們就這樣決定囉，走空路。」

「是。」小耗用力點頭。

「那最後，也是我最想不通的一個問題，」琴問。「颱風來了，哪還有飛機？」

「有，」小耗拿出手機，裡面竟然也記載著陽世的飛機航班。「今晚還有最後一班飛機，這班飛機會在颱風來臨前飛到平流層，所以還是會起飛。」

「今晚？幾點？」琴一愣。

「嗯，大概再四十分鐘！」

「四……四十分鐘？」琴張大嘴巴，「等等，這裡到機場多遠你們知道嗎？還有，你們知道登機要提早一個小時嗎？還要過安檢、寄行李，還要……」

「琴姊，琴姊，等等，不要緊張，不要緊張。」這時，小耗急忙伸手阻止了琴繼續尖叫。

「幹嘛？」

「妳忘記我們是魂魄了嗎？」

「啊？」

「魂魄搭飛機哪需要買機票？哪需要寄行李？哪還要提前一個小時？」小耗微笑，「我們根本沒有重量啊。」

「呃。」琴一呆，隨即笑了。「對喔，我們是鬼魂喔。」

「所以，我們就一起出發吧，感謝陽世的飛機。」小耗比出了一個勝利的姿勢。「就讓他們體驗一次『飛機上有鬼』的華麗旅程吧！」

新的快餐車速度飛快，果然在四十分鐘內，半飛半開的衝到了機場，然後在最後一個急速迴轉時，車門打開，把琴等人一口氣甩下。

「颱風前的最後一班國際航線，」琴拚命跑著，她只有在狂奔的時候，會慶幸自己是鬼魂，因為不只跑得快，重點是身體太輕了，所以跑起來不會有肺部燃燒的那種喘，「就要起飛了！」

小耗手比著機場落地窗外面那架飛機，飛機已經收起了梯子，開始慢慢的轉向。

「衝過玻璃。」小耗大喊。

「衝……衝過玻璃？」琴看著眼前的落地窗玻璃越來越近，內心不禁猶豫。「不好吧？」

飛機已經在轉向，眼看就要轉向完成。

「琴姊，衝過去！」

「不要吧！」此刻的琴仍放不下陽世的習慣，這習慣就是，玻璃這東西怎麼可能說撞就撞？

「哪有不要！」

而就在琴減速的同時，她感到背後多了四隻手，四隻手同時傳來堅定不移的推力。

小傑、小才、小耗、大耗，四個人同時發出大喊，混著琴的尖叫，大夥兒一起撞向了玻璃。

嘩。

玻璃沒有破，但所有人的腳下同時懸空，因為他們飛過了玻璃，朝著飛機直衝而去。

然後，琴開始下墜。

「救命！」琴尖叫。

「玻璃雙斧。」小才右手一個迴旋，銀灰色閃亮光芒驟現，斧頭已經來到了琴的腳邊。

「琴姊，踩好！」

琴只感覺到腳下的懸浮感消失，取而代之的，是踩到物體的踏實感。

琴低頭，她看見了自己的雙腳下，那銀亮色的斧頭，形狀與她記憶中的玻璃雙斧，竟有些不同。

以往的玻璃雙斧，一大斧一小斧，雖然大小不同，但形狀大同小異，就真的是斧頭，砍樹砍牆砍人的斧頭。

如今，琴腳下的斧頭，斧面變寬且變平，也少了斧面那種減少風阻的弧度，踩起來更穩更舒適，簡單來說，這不該是一把砍人的斧頭，反而像是專門載人的斧狀飛行器。

「這是……」

「琴姊，因為妳說過我是掌砂者。」小才微笑，「我放棄了威力的強化，轉而尋求變化的多樣性，沒想到，我的斧頭形態也漸漸在改變，這要謝謝妳啊，琴姊！」

「喔。」琴瞇眼一笑，算是對小才的感謝做出回應。

琴沒有空繼續回應小才的感謝，是有原因的，因為她發現，他們已經到了飛機的正上方。而飛機也已經轉到了正確的位置，準備開始加速要飛離跑道。

「要上飛機了喔。」小才說。

「要再撞一次嗎？」琴嘀咕。

「還用說嗎？」小才大笑，「走啦。」

這秒鐘，琴感到腳下的斧頭陡然加速，帶著她，一口氣衝向了飛機的機身。

雪白的機身越來越近，越來越近，然後琴忍不住閉上了眼睛。

當眼睛重新適應光明，琴發現自己進入了機艙內，柔軟、舒適，是以往熟悉的飛機機艙內。

她的腳步有些踉蹌，好不容易才要站穩。

忽然，一個聲音從她背後幾公分處傳來。一個不屬於小才、小傑，更不是小耗與大耗的嗓音。

「妳是武曲吧？」那聲音是個男人。「只要我的刀往前一送，妳馬上就死了喔。」

飛機，正要起飛。

第二個進入飛機機艙的，是小才，他定神一看，赫然發現，琴的背後站了一個男人。

而那男人手上握著一柄小刀，對著琴的背部。

「糟糕，是敵人？」小才驚覺，右手再翻，專司近攻的小斧在一片灰光中現身。

「喔？地空星？」那人猛一回頭，小才的斧頭已經來了。

「敢在這裡埋伏我們？」小才的小斧來得又快又猛，在空中劃出一條美麗的銀線，已經劈向了那人的頭顱。

「想要一招劈了我的頭，好兇悍啊。」只見那人一笑，左手手掌張開，掌心是幾枚正在滾動的咖啡色豆子。「出來，陰界咖啡豆。」

陰界咖啡豆？琴一聽，身體微微一顫。

但琴還沒來得及理解這幾個字的含意，那人手上的咖啡豆就已經快速長大，長大速度之快，竟然足以追上小才的斧頭。

啵。

小才的斧頭實實在在的砍中了某樣東西，但這東西卻不是那人的頭顱，而是一株小樹。

一株名為陰界咖啡豆的小樹。

「咖啡豆？」小才微微訝異，「所以……」

下一秒，那人卻搖了搖頭。「抱歉，小才，咖啡豆一旦生長完成，就不會停止，你接好啦。」

你接好啦。

下一秒，小才急忙抽斧，但斧頭尚未抽完，陰界咖啡豆的攻勢已經來了，每枝樹幹上，都開始結果，每個果子從青到紅，以超驚人的速度成熟，然後爆開。

挾著驚人高速與摧毀萬物的氣勢，爆開。

「好樣的。」小才大吼，另一隻手翻出第二把斧頭，然後剛好接住密密麻麻如同散彈槍的咖啡豆。

大斧冒著煙，上面都是凹凹凸凸的咖啡豆痕。

「你的陰界咖啡豆無論是生長速度或是威力……比琴姊厲害百倍，」小才感到握斧的手正微微顫抖。「不愧是正主……」

「放開琴姊！」但是小才還沒來得及說出對方的名字，忽然，另外兩聲大喊來了。

小才仰頭往回看，他看到了一左一右，兩道影子狂奔而來。

左邊，一坨高速舞動的麵團，混著迷濛的麵粉，朝著操縱咖啡豆的男人直甩而去。

右邊，一個巨大的鍋子，裡頭搖著高溫沸騰的熱水，朝著那男人潑去。

「這兩個都是廚藝的技，嚴格來說，算是好朋友啊。」那男人一笑，「那我換個品種的咖啡豆吧。」

說完，男人單手扣住兩枚咖啡豆，然後啪啪兩聲，咖啡豆像是子彈般射出。

「擋住。」小耗冷笑，麵團構成完美防禦，輕鬆擋下這枚咖啡豆。

「再擋住。」大耗憨笑，鍋子旋轉，剛好把咖啡豆轉入了鍋子中。

「真的擋住了嗎？」那男人面露微笑，「就像剛才小才說的，別忘了，我可是陰界咖啡豆的正主，你們以為咖啡豆只能當機關槍發射嗎？它可是很飢渴的。」

「飢渴？」大耗與小耗臉色同時一變，因為他們發現手臂一沉。

咖啡豆，竟然從他們的武器上生長出來。

麵團，上面長了一株咖啡樹，然後咖啡樹開始結出點點的果實，果實再度由青轉紅，眼看就要成熟。

「太誇張了吧，這麵團是我的技欸！」小耗見狀，連忙雙手鬆開麵團，身軀急退，「連技上面都可以生長？」

「陰界咖啡豆，可是很兇暴的啊，」那男人大笑之際，繼續喊道，「成熟吧，陰界咖啡豆。」

成熟吧，陰界咖啡豆。

這一剎那，又是一股咖啡清香撲鼻，然後清香中，數百枚帶著凜冽殺氣的咖啡豆衝了出來。

「麵團之……」小耗拚命退後，但怎麼可能退得比高速的咖啡豆快，這時，他展現了遇到琴之後，驚人的進步，他雙手一拍，一塊麵團從手上誕生，「刀削麵。」

小耗以手刀不斷揮斬著麵團，而麵團更如同子彈般彈出。

麵團子彈精準的碰上了暴衝的咖啡豆，兩者相撞，白麵粉與咖啡香炸開，互相抵消。

只是咖啡豆的數量以百來計，小耗只能一邊退，一邊猛削著麵團，邊退邊削，邊退邊削……終於，在小耗手上的麵團只剩下不到小拇指大小時，咖啡豆早一步耗盡了。

險勝。

竟然只是險勝一顆咖啡豆而已。

「呼呼，呼呼。」小耗不斷的喘氣，將目光移向了大耗，同一時刻，大耗的鍋子中，也冒出了一株咖啡豆，然後正快速成熟……

「大耗小心！」小耗大叫，而此時，咖啡豆的豆莢鼓脹成熟，然後火燙的咖啡豆就要射出。

大耗把鍋子往上一翻，然後，漫天的咖啡豆已經來了。

沒有了鍋子抵擋，沒有了任何武器防禦，大耗巨大的身軀，就這樣暴露在殺氣騰騰的豆子雨中。

死亡，近在咫尺。

「吼。」忽然，大耗手一翻，鍋子裡面的湯竟然飛騰而出，然後順著他的手，在他面前形成了一股滾燙的湯之牆。

啪啪啪啪啪啪，密密麻麻的咖啡豆射入了湯之牆，湯濃郁的鹹香加上咖啡豆本身的甜香，混合出一種奇異的味道。

但大耗的道行畢竟比不上小耗，湯牆雖然能阻緩咖啡豆，卻不能完全抵擋，轉眼間，數十枚咖啡豆已經穿過了湯之牆，來到了大耗面前。

「哇！」大耗慘叫，閉目待死。

直到……

「欸，小天，你很過分！」這是琴的怒吼，「大耗小耗是我的朋友，你開玩笑也要有個限度！」

小天？我朋友？這秒鐘，小耗和大耗完全愣住，而更奇妙的事情發生了，所有的咖啡豆竟然減速了。

咚，咚，咚，咖啡豆是撞上了大耗沒錯，但卻早已少了剛爆出豆莢時，那種穿越任何物體的騰騰殺氣，反而像是小孩拿豆子玩鬧，順手扔在大人身上那種調皮。

「這是……」大耗撿起一枚咖啡豆，心有餘悸。

「小天。」琴回過頭，雙手扠腰，「你很壞欸，出場就出場，幹嘛要狠，想要把我們全部都殺掉啊？」

小天？那個三釀老人最好的老友，那個非觀點的老闆，那個曾經帶著琴，走過對老父虧欠的天使星。

「哈哈，」小天笑，「一段時間不見了，想試試看琴妳的道行有沒有退步，順便試試妳身邊的人是否可靠啊？」

「你真的很討厭。」琴順手踩了小天一腳，小天苦笑了一下。

「妳的朋友都不錯啊，玻璃雙斧不只變強，還增添了變化，麵團無論是量或質都提升了，尤其是鍋子，剛剛那招操縱湯抵擋我的咖啡豆，簡直就是奇招，」小天又笑，「你們進步的幅度，實在不像半年不見，反而像是過了五六年專心的鍛鍊哩。」

「真的嗎？」所有人互望了一眼，表情都露出了喜色。

「不過，厲害的，還不是你們。」小天微笑，「其實是後面那個拿刀的朋友，你叫做小傑，對吧？」

「你好。」小傑握刀抱拳。

「好猛烈的殺氣，你和你兄弟似乎走上了完全不同的路數。」小天摸著自己的脖子，「你剛剛的殺氣在告訴我，只要一拔刀，我脖子以上的部分，肯定全部都會不見，哈哈，對吧？」

「……」小傑沒有回答，只是淡然一笑，但這一笑，卻已經說出了所有的答案。

黑刀一出，絕對能取下天使星的項上人頭。

「琴啊，」小天轉頭看向琴，「半年前，妳還是一個愛哭鬼，現在卻能帶領這群人，挑戰颱風這樣的難關，妳才是進步最多的，是嗎？」

「哪有？」琴一愣，然後笑了，「我才沒有帶領他們，我們只是為了相同的理念而努力而已。」

「嗯，武曲果然是武曲啊。」小天一笑，就沒有繼續再說下去。

但沒有說下去的話，卻是所有人都同時想到的，武曲果然是武曲，就算失去了道行，就算失去了記憶，就算迷惘與困惑，但那種兼具溫柔與強悍的靈魂，仍吸引著各路英雄。

倘若易主降臨，武曲絕對有爭霸天下的資格。

「好啦，」琴表情是看見老朋友的輕鬆，「小天，你要認真回答我，你來這裡幹嘛？」

「我是奉三釀老人的命令，來採一種叫做『台人十八次』的紅茶。」小天微笑，「這是一種集合了香甜與殺氣的茶種，只會生長在戰場中，越是慘烈的戰役，它長得越好。」

「可是……颱風裡面怎麼會有戰場？」

「現在沒有，」小天臉上綻放帶著些許邪氣的笑，「很快就有了。」

「你是說……」琴啊的一聲，「颱風裡面，有戰爭？」

「琴姑娘啊，妳難道不知道，你們這次的任務，可是極度危險啊！」小天看了一眼飛機外的天空，此刻飛機已經開始拔高，「根據情報顯示，至少有三路人馬，會用各種不同的方式進入颱風之中，」

「三路人馬……」

「政府、你們，以及……其他黑幫！」小天眼睛注視著飛機，這架專飛國外航線的大型機種，裡面坐著上百名陽世的人，他們或聊天、或閱讀，或仰頭而睡。

「其他黑幫？」琴陡然一驚。

然後她赫然發現，眼前這滿坐著陽世子民的機艙裡，發生了變化。

許多陽世子民的身後，竟然慢慢浮現了一個又一個的魂魄。

這些魂魄個個全身散發精銳殺氣，有的更佩帶著懷有道行的武器，他們注視著琴等人，面無表情。

「所以我說琴姑娘啊。」小天轉頭，對著琴露出帶著些許調皮的笑容。「妳真以為我剛剛只是在嚇你們，其實我是在提醒你們，進入了飛機以後……」

「進入了飛機以後……？」

「戰鬥就已經開始了！」小天的話才剛說完，眼前的魂魄已經發出大吼，他們開始移動了。

有的跳到走道朝琴的方向狂奔，有的踩著天花板、以倒吊的方式奔來，更有的踩上了飛機的窗戶，他們的目標只有一個。

琴，與她的朋友。

「戰鬥，」小天雙手抱胸，悠哉的退到了琴等人的後方，「開始囉。」

然後，瞬間停格，琴所有人一起亮出了道行，迎向這群二十餘人，這場尋找颱風中高麗菜的血戰之旅，正式展開。

第七章・破軍

7.1 離別的牛肉麵

陽世。

「下雨了欸，這颱風好像真的很大。」小靜把窗戶鎖緊，然後走回房間內，房間內，蓉蓉正看著電腦。

「小靜，我們已經到了六強，妳覺得誰會進入前四強？」忽然，蓉蓉抬起頭，問了這個問題。

「妳。」小靜一笑。

「廢話，我一定會進入前四強的。」蓉蓉自信滿滿，「但我也覺得妳會進去。」

「我……其實我不太確定欸，現在我的總分好像是第六名。」

「能夠一直吊車尾的人，通常表示潛力尚未發揮，而且我親耳聽過妳唱歌，我知道妳有足夠的潛力。」蓉蓉一笑。「那妳覺得另外兩個是誰？」

「阿皮吧。」小靜歪著頭，想了一下。「他的歌，好像山喔，一股強韌的風從山頂直灌下來，超有氣勢的。」

「哈哈，妳的比喻好奇怪，」蓉蓉大笑，「有點像鐵姑，鐵姑也說過妳的歌像是海，只是這海實在太平靜，好期待掀起巨浪的時候……」

「蓉蓉，別一直誇我啦，那妳覺得誰會進入四強？」

「臭屁王吧。」

「咦？妳不是很瞧不起他嗎？」

「我是有點瞧不起他啦，不過……」蓉蓉表情閃過一絲古怪，「他最近有比較改善了，好像是和妳比賽過之後，比較……沒有那麼臭屁了欸，唱歌比較真誠一點了，跳舞也沒有一直搖屁股了，如果他不要那麼臭屁的話，基本上還算有實力啦。」

「是嗎？」小靜聽到蓉蓉這樣說，露出一個溫柔的笑。「蓉蓉，妳對周壁陽的印象好像變好了……」

「有嗎有嗎？」蓉蓉的臉竟然泛起淡淡紅潮。「才沒有咧，我還是超級討厭他的。」

「呵呵。」小靜笑了兩聲，忽然聽到門外輕輕的抓撓聲，她急忙起身，打開了門。

門外，纖細可愛的虎斑身影，正是小虎。

「小虎，你回來啦。」小靜將門推開一道縫，小虎就這樣大搖大擺的從門縫鑽了進來。

「哇，這隻貓真是特別，颱風天還會知道回來，」蓉蓉看了小虎一眼，小虎踩著高貴的步伐，最後跳到窗戶邊，自己最舒適的窩上。

「風雨，好像又變大了欸。」小靜抬頭。

「對啊，又變大了。」蓉蓉眼睛看著電腦，有一搭沒一搭的回答。

「希望所有人都平安。」小靜注視著窗外的風雨，喃喃自語著。
「什麼？」
「沒事。」小靜用力搖頭，「我只是有一種很奇怪的感覺，彷彿大事要發生的不安。」
「放心啦。」蓉蓉繼續看著電腦，「我們在城市裡，這裡防洪做得很好，我們的泡麵和糧食又足夠吃半個月，不出門就不會有事的。」
「嗯。」小靜依然注視著窗外，她莫名的想到了琴學姊，還有柏。
然後，小虎輕輕的喵了一聲，在這片風聲與雨聲之中……
學姊、柏，你們現在好嗎？

陰界，柏。
「所以有三種路徑可以通向颱風嗎？」失去視覺的柏，聽著眾人說話。
眾人裡面，包含了鬼盜橫財、牛肉麵店老闆娘、阿歲、女鬼卒小曦，以及從鐵棺中復活的忍耐人。
「是的。」小曦看著自己透過鬼卒身分，所拿到的資料。「分別是陸路、水路和空路，每年颱風季節一到，會吸引很多陰界的獵人深入颱風，試圖取得罕見的寶物。」
「那妳覺得，我們該走哪一種路比較好？」柏繼續問。

「以風險性來說，最低的是陸路，但路途遙遠，可能來不及在颱風消失之前進入核心；第二低的是水路，水路速度較快，但要從水面進入颱風，風險相對提高；而風險最高的則是空路，必須搭乘人類的飛機，飛機飛行位置極高，不被颱風影響，但是當飛機飛過颱風正上方的時候，就必須跳下，危險度是三者最高的。」

「陸路太遠，那我們似乎只能考慮後面兩者了。」柏沉吟之際，忽然一旁的橫財開口了。

「走海路嚕。」橫財說道。

「走海路？為什麼？難道你怕空路危險？」阿歲眼睛瞄向了橫財。

「我怕？咯咯，我可是殺人無數的鬼盜橫財，只有人怕我，向來沒有我怕人。」橫財冷笑，「我只是知道海底有一條捷徑。」

「捷徑？」

「沒錯嚕，我，鬼盜橫財，多次進出颱風盜取寶物，所以知道其中的秘徑，」橫財鼻子哼著氣，「秘徑也許比空路更危險，但至少不用人擠人，一開始就要與一堆獵人交手，怎麼樣？」

「嗯……」眾人你看著我，我看著你，沉默了。

眾人之所以沉默，並不是害怕進入颱風的秘徑，而是擔心眼前這個人。

橫財，這個視人命為螻蟻，偏偏道行又最高的男人，他是否會埋下什麼詭計，來犧牲柏這群人。

「怎麼樣嚕？」橫財注視著眾人。「這可是一條秘徑，速度甚至可能超越空路嚕。」

眾人依然沉默，而打破這沉默的，則是引發整件事的主角，柏。

「你說秘徑很危險，但能比較快抵達颱風中心。」柏慢慢的說著，「那你能保證這一路上，你不動什麼手腳？」

「當然……」橫財冷笑一聲，「不能保證。」

「但我和你說，我可以保證一件事。」

「什麼事嚕？」

「如果你路上害死了任何一個夥伴，等我找到嘯風犬，拿到破軍之矛，」柏一字一句慢慢的說著，「我一定會殺了你。」

此刻，柏雙目雖然失明，但臉上的霸氣更重，壓得橫財不自覺的吸了一口氣。

「喔。」橫財想反駁，但卻說不出半句話。

因為他發現自己竟然……相信了！

他百分之百相信，眼前這個失去視覺的男孩，會因為夥伴被殺，而展現驚人的潛力，破入颱風中心，取得神秘的破軍之矛。

然後，這破軍之矛的下一個獵物，肯定就是橫財自己。

橫財相信，因為他曾認識的破軍，就是這樣的人。

能償還死亡的唯一方式，就是死亡。

「那成交了嗎？」柏慢慢的說著。

「哼。」橫財閉上眼，冷哼一聲，橫財雖然不說話，所有人卻都已經懂了他的意思。

這趟旅程，他們會走秘徑，而且橫財受制於柏的復仇，將會有所收斂。

「那，」這時，小曦舉起手來，「我們是否要決定一下，誰要去？」

「我。」柏話語乾脆。「還有橫財。」

「我要去。」忍耐人出聲了。「我欠柏一次，我會幫你取得破軍之矛。」

「算我一份吧。」阿歲雙手插在口袋，笑著說。「柏這株搖錢樹，我捨不得丟掉。」

「最後還有我。」小曦看了忍耐人一眼，然後開口。「那老闆娘，妳去嗎？」

「不了，戰鬥向來不是我喜愛的，」老闆娘溫柔一笑，「更何況，我的星穴技，也傳給了小曦，她現在只需要更多經驗，就會越來越厲害了。」

「老闆娘，妳過獎了。」小曦臉微微泛紅。

「那就決定了，這次遠征颱風核心的成員……」柏吸了一口氣，然後宣布，「就是五個人，我、橫財、阿歲、忍耐人，以及小曦。」

五個人，即將踏入最可怕的颱風戰場。

一場可能是陰界有史以來最慘烈的戰役之中。

離開的那晚，只剩下老闆娘和阿歲兩人時，阿歲正在整理自己的一些隨身物品，老闆娘突然推門進來，手裡拿著一碗熱騰騰的牛肉麵。

「吃了吧。」老闆娘這樣說，然後把碗鏘的一聲，放到了桌子上。

「為什麼，我、我又不餓……」阿歲訝異。

「叫你吃就吃，這些牛肉不能放了，老娘我還好心的煮成牛肉麵給你吃，你要知足，快點吃，吃飽了進入颱風要打架了。」老闆娘拉了把椅子坐下。

「是嗎？」阿歲露出奇怪的表情，還是乖乖的拿起筷子，很認真的吃了起來，吃了幾口，突然停住，看著老闆娘。「妳幹嘛一直看著我？」

「看著你不行喔。」

「不是不行，只是很怪。」阿歲抓了抓頭髮。

「阿歲，你還記得我們當年剛認識的樣子嗎？」

「記得啊，妳身分尊貴，是大小姐，我則是一個用蚊子技，沒人理的窮小子。」

「對啊，那時候你一直追我，追得我好煩。」老闆娘把臉靠著自己的手臂上。「我才決定和你約第一次會。」

「什麼？是我追妳嗎？怎麼和我記得的不一樣，明明就是妳一直來煩我，說什麼星穴雖然是醫療用途，但肯定可以擊敗我的蚊子。」阿歲吃了一口麵，也笑了。「煩死我了，我才答應和妳約會的。」

「是這樣嗎？」

「當然。」

「那你沒有麵可以吃了。」老闆娘手一抓碗，就要收走。

「欸，哪有人給人吃了幾口，又不給人吃的，妳這老闆娘真的很惡霸。」

「那我問你，是誰先約誰的？」

「是我，是我，」阿歲舉雙手投降，「我可以吃麵了嗎？」

「算你識相。」老闆娘一笑，把碗推了回去。

「不過，雖然那時候打打鬧鬧，但妳真正讓我佩服的，卻是那件事。」阿歲又吃了幾口麵，「當時那個人身受重傷，要妳治，妳卻堅持不治，賭上全部的一切都不治，真是超酷的。」

「呵呵，會嗎？」在朦朧的夜晚燈光下，老闆娘眼神溫柔，看著阿歲。「是啊，所以後來我們就逃了，不過這件事其實也和你無關，幹嘛保護我而一起逃啊？」

「因為我覺得妳真的很酷。」阿歲又吃了幾口麵，「明明是大小姐，卻有這樣的氣魄，當時我就覺得，我打死也要保護妳。」

「是這樣嗎？」老闆娘溫柔一笑，「這些都是過去的事了，我們的年代已經過了。」

「是啊，接下來，是柏、忍耐人和小曦的年代了。」阿歲點頭。

「我覺得柏這傢伙很有潛力，他對陰界很重要，你得要保護他。」老闆娘看著阿歲。

「當然。」阿歲微笑，「這種事不用妳說啦。」

「嗯。」

「那妳也要保重，」阿歲一笑，「妳的星穴已經啟動了，就怕那群人真的會來……」

「啟動星穴也好，」老闆娘搖頭，「省得整天提心吊膽的。」

「嗯。」阿歲又笑了一下，再次吃了幾口麵。「老闆娘，妳答應我一件事。」

「什麼事？」

「我要吃妳的麵，再吃個五十年、一百年。」

「呵呵，好啦。」老闆娘笑。「一個老是白吃白喝的人雖然討厭，但我會煮下去的。」

「嗯。」

這個晚上，昏黃的夜晚燈光下，兩人就這樣有一搭沒一搭的聊著往事。

最後，這一碗麵竟然吃了整整一個晚上，不是麵太大碗，更不是阿歲吃太慢，而是他們都捨不得，捨不得讓這晚上結束。

因為他們都有著一種預感，一種無法說出口的預感。

這可能是最後一碗麵了。

颱風太危險，阿歲要保護柏的使命太沉重，而老闆娘過去的敵人又太可怕，太多太多致命的因素脅迫著他們的生命。

於是他們珍惜相處的每個時光，因為這就是陰界。

就算生命已經懸在萬丈深淵之前，他們依然深深的珍惜著彼此。

第二天清晨，老闆娘伏在桌上睡著了，臉上掛著甜蜜的笑，而她面前的碗已經空了，阿歲，也已經不在了。

「怎麼那麼久？」柏問。

「沒事，」阿葳往前，踏著大步，「只是吃了碗行前的牛肉麵罷了。」

「喔。」

「好好吃。」阿葳面露淺淺的滿足微笑。「真是一碗好好吃的牛肉麵啊。」

此刻，颱風距離島嶼只剩下百公里。

天空開始下雨，重雲高速移動。

陽世的人躲入了房內，弱小平凡的陰魂們藏到安全之地。

而一群群的獵人則摩拳擦掌。

琴、小傑、小才、小耗、大耗，還有最後加入的小天。

柏、橫財、忍耐人、小曦，還有剛吃完牛肉麵的阿葳。

貪狼星，黑白無常，手下的警備系統更快速運作，各大高手也在聚集。

連黑幫之中，紅樓、道幫與僧幫也都有了動靜。

因為這是數十年來最強的颱風，更是最接近易主時刻的颱風，寶物即將出土，生死即將判定。

改變陰界命運的戰鬥，就要開始……

就要開始了！

尾聲

麵包店裡面，一個看起來聰明幹練的女子，穿著套裝，正仔細的挑選著麵包。她挑了一款雜糧麵包、一條土司，然後拿到櫃台結帳。櫃台裡面，站著一個面帶笑容的中年男子。

「小風小姐，颱風快來了，來買麵包先囤著嗎？」男子俐落的將麵包裝袋。

「是啊。」小風看著麵包，露出微笑，「呵呵，沒想到我買麵包，買到你都記住我的名字了？萊恩老闆。」

「嗯，還好啦，我只會記得特別的人喔。」名為萊恩的老闆露出一笑。「像是有星格的人。」

「星格？」小風歪著頭。「老闆你剛講什麼，我沒聽清楚……」

「沒事。」萊恩微微一笑，把麵包裝進了紙袋，然後遞給了小風。「總共一百零五元。」

「好。」小風從皮夾拿出兩張百元鈔票。

「對了，本麵包店最近推出一個活動，」萊恩一邊說，一邊從櫃台旁，拿出一張紙，放入了紙袋中，「就是神秘籤詩。」

「神秘籤詩？」小風皺眉。

「請走出這家店再看。」萊恩笑著說，然後找了九十五元的零錢給小風。「另外，我不負責解籤喔。」

「好怪的老闆啊。」小風搖頭，提著紙袋走出了麵包店，然後她才把籤詩打開。

裡面是這樣寫的：

「高麗菜與風，倖存者只有九人。」

「什麼？什麼？」小風幾乎要昏倒，「哪有這種籤詩，正常的籤詩不都是什麼難關難過關關過之類的謎語嗎？怎麼會跑出高麗菜？風？還有倖存者？這是什麼？偷懶作者的偷懶預告嗎？」

然後，小風不禁回過頭，看向麵包店，裡面的萊恩正好對著她微微笑，揮了揮手。

「這也是一家奇怪的麵包店，麵包不只好吃，還有許多我從來沒吃過的味道，」小風自言自語著，「像是橄欖油，他們的橄欖油有陽光的味道，真是奇怪。」

「算了，」小風何等聰明幹練，她快速決定，讓這些奇妙思緒滾出腦袋，接著伸了伸懶腰，「還是回家吧，明天這個超大颱風就要來了，還是早點回去吧。」

高麗菜與風，倖存者只有九人。

這又是一場什麼樣的冒險呢？敬請期待，陰界五。

《陰界黑幫 第四部》．完

Div作品 06

陰界黑幫 04

國家圖書館出版品預行編目資料

陰界黑幫．04，／Div 著.
— 初版. — 臺北市：春天出版國際，2012. 07
面；　公分. —（Div 作品；06）
ISBN 978-986-6000-30-0（第4冊：平裝）

857.7　　99001048

ISBN 978-986-6000-30-0
Printed in Taiwan

作者　Div
封面設計　克里斯
內頁編排　三石設計
總編輯　莊宜勳
編輯　施怡年

出版者　春天出版國際文化有限公司
地址　台北市信義區信義路四段458號3樓
電話　02-7718-0898
傳真　02-7718-2388
E-mail　frank.spring@msa.hinet.net
網址　http://www.bookspring.com.tw
部落格　http://blog.pixnet.net/bookspring
郵政帳號　19705538
戶名　春天出版國際文化有限公司
法律顧問　蕭顯忠律師事務所
出版日期　二〇一二年七月初版一刷
定價　250元

總經銷　楨德圖書事業有限公司
地址　台北縣新店市復興路45號3樓
電話　02-2219-2839
傳真　02-8667-2510

S P R I N G

每一本好書都是一顆種子，
春天播種在你的心田夢土上。

S P R I N G

每一本好書都是一顆種子，
春天播種在你的心田夢土上。

S P R I N G

每一本好書都是一顆種子，
春天播種在你的心田夢土上。

Spring